ZINKA HÖRNING - ERBARMUNGSLOS
UNKONTROLLIERT

ZINKA HÖRNING

ERBARMUNSLOS UNKONTROLLIERT

Thriller

Bibliografische Information der Deutschen
Nationalbibliothek: Die Deutsche Nationalbibliothek
verzeichnet diese Publikation in der Deutschen
Nationalbibliografie; detaillierte bibliografische Daten
sind im Internet über dnb.d-nb.de abrufbar.

TWENTYSIX – Der Self-Publishing-Verlag
Eine Kooperation zwischen der Verlagsgruppe Random
House und BoD – Books on Demand

© 2018

Herstellung und Verlag:
BoD – Books on Demand, Norderstedt

ISBN: 978-3-7407-4441-0

Beseelt macht das Glück, lässt Flügel schwingen,
lässt alles gelingen, das Glück macht beschwingt

Zinka Hörning

Das ewige Band verbindet
ein Leben lang

Zinka Hörning

1

In der Mitte des Sees, weit draußen, kämpft eine Frau gegen den übermächtigen Sog des Wassers, der sie immer wieder hinunterzieht, in die Tiefe des geheimnisvollen, dunklen Wassers, tiefer und tiefer, bis auf den Grund des Sees. Verzweifelt kämpft sie darum, wieder aufzutauchen, um sich aus den tödlichen, nassen Wogen zu befreien. Mit aller Kraft kämpft sie sich nach oben, an die Oberfläche. Sie streckt panisch ihre Hände aus dem Wasser, dem Himmel entgegen und schnappt abermals verzweifelt nach Luft. Es zieht sie erneut ganz in die Tiefe, bis auf den schwarzen Grund. Sie wehrt sich dagegen, schlägt verzweifelt um sich, taucht mit letzter Kraft noch einmal auf. Mit weit aufgerissenen Augen taucht sie an der Oberfläche wieder auf, schnappt ganz in Panik noch einmal nach Luft. Sie versucht zu schreien, aber es gelingt ihr nicht. Es ist ein stummer Schrei, nur ihre Lippen bewegen sich, niemand kann sie hören, kein Laut kann ihren Lippen entweichen.

Sie sieht zum Ufer hinüber. Ganz schemenhaft, sieht sie dort einen dunklen Schatten stehen, ganz verschwommen, so unwirklich. Nach langem Hinsehen erkennt sie ihn, ihr eigener Ehemann steht dort.
, Warum hilft er ihr nicht? '
Sie versucht zu rufen;
„So hilf mir doch!"

Er sieht lange regungslos zu ihr herüber, langsam und, bedächtig, wie in Zeitlupe, wendet er sich nach einer ganzen Weile von ihr ab, entfernt sich Schritt, für Schritt, für Schritt und entschwindet gemächlich ihrem Blick. Ihre Kräfte lassen nach, sie taucht erneut unter, das Wasser ist stärker als sie, sie versinkt tiefer und tiefer in den Fluten, bis das Wasser sich über ihr für immer schließt und sie in die tiefe Schwärze mit sich reißt.

Schreiend schreckte sie aus dem Schlaf auf und schnellte mit dem ganzen Körper hoch. Schweißbedeckt waren ihr Körper und ihr Gesicht. Panik und Angst waren ihr ins Gesicht geschrieben, so real war dieser furchtbare Alptraum gewesen. In ihrem Bett sitzend und mit abwehrenden Bewegungen der Arme, noch immer wedelnd und um sich schlagend, schrie sie, bis sie nach und nach zur Besinnung kam. Elsa bedeckte mit ihren Händen ihr Gesicht, schnappte nach Luft und konnte sich kaum beruhigen. Ihr Mann wachte, neben ihr liegend, von ihrem grauenvollen Schrei auf und versuchte sie sachte zu beruhigen, dann nahm er sie behutsam in die Arme.

„Elsa, was ist denn los? ... Beruhige dich, ... ganz ruhig, ... Pscht ... werde ganz ruhig."

Er wiegte sie, wie ein kleines Kind, in seinen Armen. Allmählich wurde sie etwas ruhiger.

„Was ist denn los?", fragte er erneut. Eine ganze Weile verging.

„Ach nichts, es war nur ein böser Traum."

Endlich kam sie zu sich. Sie atmete ganz tief durch, brauchte noch eine Weile, bis ihr Atem ruhiger wurde.

Langsam stand sie auf und ging ins Bad, um sich das Gesicht zu waschen.

Das kalte Wasser, oh, tat das gut.

2

Morgens war sie immer die erste in der Küche, deckte den Tisch für vier Personen und bereitete für die ganze Familie das Frühstück vor. Draußen erwachte der Tag, die Sonne ging auf, es würde ein herrlicher Sommertag. Die Kinder wollten zum Frühstück Cornflakes oder Nutella aufs Brot und Georg bevorzugte Müsli, oder schon mal drei Rühreier aus der Pfanne. Dazu Milch für die Jungen und Kaffee für Georg. Also stellte sie alles auf den Tisch, damit sie sich nehmen konnten, wonach ihnen war.

Sie hörte ihren Mann im Wohnzimmer herumhantieren nachdem er die Treppe herunterkam. Er suchte seine wichtigsten Unterlagen zusammen, die er auf dem Sekretär im Wohnzimmer abgelegt hatte. Dann kam Georg mit seiner Aktentasche in die Küche.

„Ich habe es heute eilig, bin schon spät dran. Übrigens, was war denn heute Nacht eigentlich los?" Sie begrüßte ihn:

„Guten Morgen, mein Schatz.", antwortete auf seine Frage aber nicht. Sie wusste ja selbst nicht, was los war. Sie fühlte sich sehr elend. Von ihrem Traum war sie noch sehr durcheinander. Es war einfach nur ein schlechter Traum, tat sie es vor sich selbst ab, konzentrierte sich nur auf ihre Arbeit. Er nahm sich inzwischen einen Kaffee.

„Den nehme ich mit, ich habe gleich einen wichtigen Termin. Bis nachher, wir reden später." Er nahm seine Aktentasche, seinen Mantel, seine Warmhaltetasse und schon war er aus der Tür. Das kam die letzte Zeit leider öfter vor, dachte sie bei sich. Was meinte er mit *nachher*? Sie würde ihn wahrscheinlich vor spät abends nicht wiedersehen.

Auch Michael und Dennis kamen nacheinander die Treppe herunter und wollten nur einfach etwas auf die Hand nehmen und gehen, wie der Vater.

„Nein, nein, das kommt gar nicht in Frage. Ihr setzt euch jetzt beide in aller Ruhe hin und frühstückt, wie es sich gehört. Wir haben noch genug Zeit. Setzt euch bitte! Seit wann laufen wir mit Butterbroten auf der Hand in der Gegend herum. Das ist ja etwas ganz Neues. Fangt mir das erst gar nicht an!", hielt sie die beiden an.

"Ach Mumm', was soll das? Ich bin auch spät dran.", fing Michael an.

Dennis, der Jüngere, äffte gleich hinterher.

„Ist doch immer das Gleiche." Unlustig setzten sie sich an den Tisch und verzogen die Gesichter.

„Das Frühstück ist die wichtigste Mahlzeit des Tages. Ohne Energie könnt ihr gar nicht vernünftig dem Unterricht folgen.", mahnte sie an.

Was die beiden Jungen bei Georg sahen, machte bei den beiden gleich schlechte Schule. Sie musste mal mit ihm reden. Die Kinder meinten, sie müssten es ihm gleichtun. Sie legte großen Wert auf gute Tischmanieren und auch gemeinsame Mahlzeiten, die im Moment nicht möglich waren, außer am Wochenende.

Michael war der besonnenere und eher etwas ruhigere der beiden Jungen, mit dunklem Schopf und von schlanker Statur, auch sehr sportlich. Dennis, der Jüngere, war eher ein kleiner Wildfang, mit blondem Haarschopf, mit immer neuen Ideen und ständig zu neuen Streichen aufgelegt. Manchmal auch etwas anstrengend. In der Schule stellte er schon mal was an, sodass Elsa in die Schule zitiert wurde oder Anrufe bekam. Es waren schon öfter ernste Gespräche angesagt, die sie mit ihm führen musste. Sie frühstückten gemeinsam. Dennis zog seinen großen Bruder auf, verstellte dabei seine Stimme ins Lächerliche.

„Ach, wartet schon sehnsüchtig deine liebste Daniela auf dich?", sagte er, verzog seine Lippen zu einem Schmollmund und deutete einen Kussmund an.

„Du bist ja nur neidisch. Das verstehst du nicht, dafür bist du zu jung."

„Nun ist genug. Dennis, du weißt, das gehört sich nicht, lass deinen Bruder bitte in Ruhe."

Michael war seit kurzem voll in der Pubertät, das große Interesse für das andere Geschlecht erwachte und brachte seinen Hormonhaushalt völlig durcheinander. Mädchen hatten seit Kurzem absolute Priorität. Mal schwärmte er für blond, dann für brünett. Es wechselte, man konnte kaum Schritt halten. Elsa seufzte, das war nun einmal ganz normal. Auch das geht irgendwann vorüber.

Als sie zu Ende gefrühstückt hatten, brachte sie die beiden Jungen in die Schule, wo sie bis 14:00 Uhr Unterricht hatten. Sie holte sie noch von der Schule ab. Sie bereitete einen Mittagsimbiss vor und sie aßen gemeinsam. Die Küche konnte sie noch später aufräumen. Erst danach konnte sie an sich denken und ins Geschäft gehen.

Sie hatte eine recht gut gehende Boutique mitten im Ort. Im Laufe der Zeit hat sie sich einen lukrativen Kundenstamm aufgebaut. Die Kinder waren in der Schule. Später kam ihre Aushilfe, sie löste sie nachmittags im Geschäft ab. Dann war sie für die Kinder da, erledigte auch andere Aufgaben im Haushalt. Arbeit gab es immer genug. Einmal in der Woche kam eine Haushaltshilfe, die das Gröbste im Haus erledigte. Damit kam sie gut zurecht. Auch sie hatte einen anstrengenden Tag und ein gewisses Pensum zu erledigen.

In Elsas Kopf arbeitete es unerlässlich. Sie glaubte, ihr Kopf würde explodieren. Den ganzen Tag dachte sie über den Traum nach, den sie in der letzten Nacht hatte. Er war beängstigend und brachte sie völlig durcheinander. Alles ergab keinen Sinn.

Was konnte das bedeuten? Sie war sehr nachdenklich und still geworden. Sie ging gern allem, was geschah, auf den Grund. Bis jetzt war ihre Ehe sehr glücklich. Ihr Mann war Bankangestellter, verdiente gut und seine Aufstiegsmöglichkeiten, um seine Stellung zu verbessern, waren recht gut. Er hatte große Ziele und arbeitete emsig darauf zu, an die Spitze zu kommen. Sie hatten keine großen Sorgen.
Liebevoll dachte sie über Georg nach.
Sie hatte plötzlich einen verräterischen Glanz in den Augen und ihr Gesicht wurde bei dem Gedanken an ihn ganz weich. Er war hochgewachsen, hatte mittelblondes Haar und wirkte sportlich, aber manchmal, ja, auch etwas unbeholfen. Wenn er verlegen war, rieb er sich sein Kinn und umfasste daraufhin mit der linken Hand seinen Nacken. Aber gerade das gefiel ihr sofort an ihm, von Anfang an.
Diese Verlegenheit.

Was für ein Glück sie hatte, dass sie sich begegnet waren. Es war Liebe auf den ersten Blick. Allerdings dauerte es noch eine ganze Weile, bis sie sich näherkamen.

Der Funke sprang sofort über und sie wusste, dass er es ist. Den wirst du heiraten, dachte sie sich schon recht früh. Das ist dein Mann fürs Leben.

Es wurde ihr warm ums Herz.

Doch in der letzten Zeit war er sehr fahrig und unausgeglichen geworden. Sie hatten kaum noch Momente, die sie miteinander verbringen konnten. Er verbrachte große Zeitabschnitte mit seinen Freunden, mit denen er sich zum Training oder zum Golfen traf. Auch an die Kinder musste sie ab und an erinnern, damit sie nicht vergessen wurden. Manchmal hatte sie den Eindruck, etwas bedrückte ihn. Aber, er sprach nicht darüber. Sie ließ ihn gewähren.

Heute Abend wollte sie mal wieder joggen gehen. Jeden Tag schaffte sie es nicht. Aber zwei- oder dreimal in der Woche, das klappte schon und das tat ihr gut. Dabei konnte sie endlich abschalten und kam auf andere Gedanken. Die Jungen aber gingen immer vor.

3

Elsa holte die beiden Jungen, Michael und Dennis, von der Schule ab. Sie machte in der Küche für alle drei etwas zu essen und rief nach ihnen.

„Mumm, wann kommt Papa heute nach Hause?" Diese Frage war berechtigt. Sie wusste es selbst nicht.

„Ich weiß es nicht. Er hat im Moment sehr viel zu tun und muss auch mal länger arbeiten. Warum fragst du?"

„Es wäre schön, wenn wir am Wochenende mal wieder Kajak fahren würden. Wir haben schon lange nichts mehr gemeinsam gemacht. Er hat es uns versprochen.", beschwerte sich Michael.

Sie grübelte darüber nach. Er hatte völlig recht. Sie vermisste auch die Abende zu Zweit und die gemeinsamen Unternehmungen, mal ins Theater, Oper oder Konzert.

Am späten Abend, als er endlich Heim kam, lag sie schon im Bett und las in einem Buch. Es war ein Liebesroman, in dem ein ganz anderes Leben als ihres geschildert wurde.

„Es ist spät geworden", stellte sie fest.

„Nach dem Tennismatch haben wir noch ein Glas zusammen getrunken."

Er ging ein-, zweimal die Woche mit seinem besten Freund Uwe in den Tennisclub.

„Ich habe nichts dagegen, aber die Jungs brauchen dich. Michael wollte wissen, wann du wieder mit den beiden Kajak fahren würdest. Vielleicht kannst du es am Wochenende zeitlich einrichten." Sie machte eine kleine Pause und dachte nach.

„Die Kinder brauchen auch mal einen Ausgleich zur Schule und einen Tag mit dir."
Er zog sich inzwischen aus und hantierte im Bad.

„Ich muss erst in meinem Terminkalender nachsehen, was ansteht."

„Also, ich glaube, das lässt sich einrichten."

„In zwei Wochen haben wir einen Konzertabend. Vergiss es nicht und mach keine Termine. Trage dir das bitte ein, damit wir auch was zusammen unternehmen."

„Ich denke daran.", versicherte er aus dem Bad.

Ja, das hoffte sie, aber sie schwieg.
Er kam ins Bett, gab ihr einen Kuss und drehte sich zur anderen Seite, um zu schlafen. Sie löschte das Licht.

Am kommenden Wochenende wollte Georg mit den beiden Jungen tatsächlich etwas Gemeinsames unternehmen. Mit den wichtigsten und modernen Techniken und Taktiken des Kajakfahrens waren sie alle drei schon recht gut vertraut.

Die Grundkurse vor einigen Jahren hatten sie in Hattingen absolviert, im Ruhrgebiet in NRW, das auch direkt an der Ruhr, ganz in der Nähe ihres kleinen Wohnortes Essen-Werden lag. Die Ruhr war nicht ganz so wild, dafür aber für Anfänger gut geeignet. Inzwischen fuhren sie ganz gern nach Paderborn zum Kajakfahren in Wildgewässern auf der Lippe. Dort war die Herausforderung für alle drei schon etwas größer.

4

Am Wochenende standen sie alle schon sehr früh auf. Auch Elsa stand mit ihnen früh auf, um sie mit Proviant zu versorgen. Sie hatten alles eingepackt und fuhren los. Elsa blieb allein zu Hause. Sie musste mal eine Verschnaufpause haben, um tief Luft zu holen. Die hatte sie dringend nötig. Am Nachmittag traf sie sich mit ihrer besten Freundin. Sie wollten einen gemütlichen Nachmittag verbringen.

Beide sahen sich in der letzten Zeit nicht so oft, deshalb freute sich Elsa umso mehr darauf. Zunächst räumte sie aber die Küche auf. Es war wieder ein Schlachtfeld, wie so oft, wenn alle das Haus verließen. Sie räumte auf, setzte sich mit ihrem Frühstück auf die Terrasse, genoss die Ruhe und Stille und das Alleinsein. Es tat ihr einfach gut. Sie nahm sich ihr Buch vor und las darin.

Nun ging es los. Ihre Lieben machten sich auf den Weg. Sie hatten eigene Boote mitgenommen, die sie auf einem Anhänger transportierten. Die Jungen waren sehr ausgelassen und unbeschwert. Schon während der Fahrt dorthin strahlten Michael und Dennis so viel Dynamik und Lebensfreude aus, dass sie ungeheuer ansteckend war. Alle drei alberten herum und sangen im Chor:

„Das Wandern ist des Müllers Lust, das Wandern ..." usw.

„Erzählt mir, was gibt es Neues in der Schule?", unterbrach Georg das Gesänge.

„Ach Papa, nicht heute, wir freuen uns auf den heutigen Ausflug.", meinte Dennis.

„Ausnahmsweise lassen wir heute das Thema fallen. Wir bearbeiten es in den nächsten Tagen aber nochmal, auch wenn dir das nicht gefällt. Dir ist schon bewusst, dass es dort einen Brennpunkt gibt, der eines Gesprächsstoffs bedarf."

„Jaaaaa…", kam es sehr gedehnt und unwirsch zurück. Vorerst ließ er aber das Thema ruhen.

Es war *ihr* Sonntag.

Die Freude, den Tag mit dem Vater verbringen zu können, war ein unvergleichliches Geschenk. Es war ein schöner sonniger Tag. Es roch nach Sommer und Meer, weckte verborgene Wünsche. Dieser Tag versprach, sehr heiß zu werden. Die Stimmung konnte besser nicht sein. Georg empfand ein Hochgefühl wie schon lange nicht mehr.

Sie fuhren auf einer Landstraße durch Felder und Wiesen. Kleine Wälder und Rapsfelder, die abwechselnd schweigend zur rechten und zur linken Seite am Wegesrand vorbeizogen und sich bis zum Horizont erstreckten, soweit das Auge reichte.

Fast am Ziel, bogen sie zur linken Seite in einen schmalen Weg, der sie durch ein kleines Wäldchen, durch Bäume mit tief hängenden Ästen und dichten Büschen zu der Anlegestelle führte. Endlich am Ziel, nahmen sie die drei Boote vom Anhängerwagen nacheinander herunter.

Hier war das Ufer flach, sie konnten an einer seichten Stelle die Boote ins Wasser schieben. Das gemeinsame Kajakfahren war ewig lange her, dachte Georg. Laut sprach er zu Michael und Dennis:

„Dass wir so lange nicht mehr hier waren. Das müssen wir bald wiederholen."

„Das wäre prima.", gab auch Michael preis.

„Oh, ja.", gab Dennis begeistert sein Votum ab. Georgs Söhne waren mit dem Blick auf die sportliche Aktivität für die nahe Zukunft begeistert.

Nun konnte es los gehen. Georg ermahnte Michal und Dennis:

„Seht zu, dass wir möglichst zusammenbleiben und uns im Blick behalten. Denkt daran. " Sie versprachen es:

„Ja Papa!"

Und schon ging es los. Nacheinander stiegen sie in die Boote und stießen sich ab. Nachdem sie etwa eine halbe Stunde Kajak fuhren, wurde das Vater-Sohn-Idyll je abgebrochen.

Beim Kajakfahren verlor Georg plötzlich das Gleichgewicht, kippte mit seinem Kajak um, landete mit dem Oberkörper unter Wasser, tauchte ab. Er bekam keine Luft, versuchte mit größter Anstrengung verzweifelt das Boot zu drehen und an die Oberfläche zu gelangen. Doch es gelang ihm nicht.

Sobald er das Kajak schon halb gedreht hat und aus dem Wasser halb auftauchte, zogen ihn Strudel und das Schwergewicht des Bootes wieder herunter. Die Strudel waren stark, zogen ihn immer wieder in die Tiefe, kaum dass er aufgetaucht war und es fast geschafft hatte.

Gerade an dieser besonders wilden Stelle mit hohem Wellengang war es ungeheuer schwer das Kajak zu drehen, wenn nicht gar beinahe unmöglich. Er trieb in der Mitte des wild tosenden Wassers immer weiter auf eine felsige

Stelle zu. Zwei kantige Felsen ragten fast nebeneinander aus dem Wildwasser. Immer und immer wieder tauchte er unter, konnte sich aus den treibenden hohen Wellen und reißenden Strudeln kaum befreien.

Zwei fremde Kajakfahrer, die in der Nähe waren, kamen ihm glücklicherweise zu Hilfe. Auch sie hatten große Mühe, ihm beim Drehen des Kajaks zu helfen. Die hohen Wellen trieben sie nahezu weg von ihm, doch als sie die Felsen erreicht hatten, konnten alle drei mit großer Anstrengung, für einen kurzen Moment, auf gleicher Höhe verharren und ihm bei der Drehung nach oben verhelfen.

So konnte er sich aus dieser schwierigen Situation mit Hilfe der anderen endlich befreien, sein Kajak drehen und aus dem Wildwasser auftauchen.

Als er sein Kajak mit Hilfe der fremden Kajakfahrer aus den Fluten ans Ufer ruderte, war er restlos erschöpft und völlig aus dem Atem. Er rang unaufhörlich nach Luft und hustete das geschluckte Wasser aus, er brauchte einige Zeit, um zu sich zu gelangen.

Die beiden Jungen wurden im tosenden Wasser an Georg vorbeigetrieben. Sie sahen, dass der Vater mit dem Kajak gekentert war und keine Gewalt mehr über das Boot hatte. Beide waren bestürzt und paddelten ans Ufer, um dort an Land zu gehen und aus dem Wasser zu steigen. Von der Kante des Ufers aus sahen sie, dass fremde Kajakfahrer ihm zu Hilfe kamen und waren erleichtert, als die Rettung nach einigen Bemühungen gelungen war.

Die Bemühungen der beiden Kajakfahrer und die anschließende Bergung Georgs aus den wilden Fluten, haben die Jungen vom Land entsetzt mit verfolgt.

Nachdem Georg aus dem Wasser wieder an die Oberfläche gelangen konnte, war er erschöpft und völlig fertig. Die fremden Kajakfahrer strebten mit Georg in ruhigeres Gewässer in die Nähe des Ufers.

Dort brachten alle drei die Kajaks an Land, um auszusteigen. Sie halfen Georg aus dem Kajak zu steigen. Erschöpft legte sich Georg am Ufer ins Gras. Völlig außer sich hustete er das geschluckte Wasser aus.

Die beiden Helfer beugten sich über Georg und sorgten sich. Sie wollten sehen, dass es ihm tatsächlich gut ging.

Michael und Dennis waren zum Vater geeilt:

„Papa, Papa, ist alles in Ordnung? Wie geht es dir?"

Dennis war so verängstigt, dass er anfing zu weinen. Im Gras liegend und ermattet, konnte Georg nicht sofort antworten und ließ sich Zeit.

Er strich seinem Sohn kraftlos mit seiner Hand über das Haar.

„Wie geht es Ihnen?", erkundigte sich einer der beiden Retter noch einmal.

„Ist noch einmal gut gegangen.", meinte der andere rettende Helfer.

„Macht euch keine Sorgen, es geht schon wieder."

Georg schloss die Augen, ließ einige Augenblicke verstreichen, um wieder Fassung zu gewinnen.

„Glauben Sie, sie können allein nach Hause fahren?", fragte einer der beiden Helfer. „Wir bringen Sie gerne nach Hause."

„Ich denke, das wird schon gehen. Aber danke. Das ist sehr aufmerksam von Ihnen.", meinte Georg.

Trotz der Schmerzen wollte er selbst zurückfahren. Er spürte im Kreuz einen stechenden Schmerz. Als Georg sich erholt hatte, wurden die Boote mit den beiden Kajakfahrern auf den Anhänger geladen. Anschließend brachen sie auf und machten sich auf den Heimweg.

Die Fahrt zog sich hin und die Schmerzen peinigten ihn unerlässlich. Unter diesen Umständen zu fahren war für ihn sehr anstrengend.

5

Nachdem Elsa die Küche aufgeräumt hat, hatte sie noch etwas Zeit für sich, bis ihre Freundin eintraf. Sie besorgte für den Nachmittag etwas Kuchen und wollte bis zum Eintreffen ihrer Freundin Tee vorbereiten.

Ihr Blick wanderte über den vor ihr liegenden Garten, mit wunderschön angelegten Beeten, die sich in voller Blüte vor ihr zur rechten und zur linken Seite erstreckten. Dahinter standen hohe Rhonodendronbüsche. Auch sie standen wieder in voller Blüte.

Rechts standen eine große Eibe und dahinter ein Ahornbaum. Davor dehnte sich in voller Länge die grüne Wiese wie ein Teppich aus.

Sie genoss den schönen Ausblick. Tief zog sie die Luft ein. An diesem Tag war es warm, die Luft rein. Verschiedene Düfte der vielen Blüten lagen in der Luft. Sie schloss die Augen, verbrachte so eine ganze Weile und genoss die Stille, die sie umgab. Wie schön sie es doch hatten. Sie konnten das alles viel zu wenig genießen, wurde ihr bewusst.

Für einen kurzen Augenblick ist sie eingeschlafen.

Als es schellte, ging sie zur Tür, um zu öffnen. Iris stand vor ihr, sie umarmten sich innig. Beide freuten sich, endlich mal ungestört Zeit füreinander zu haben.

Sie war sehr attraktiv. Beide kannten sich noch aus der Schulzeit und blieben auch später, als sie den weiteren Berufsweg einschlugen, miteinander verbunden. Der Kontakt ist nie abgebrochen. Auch sie hatte damals eine feste Beziehung, blieb dann aber doch allein. Sie hat nie erfahren, warum diese Beziehung auseinandergebrochen war.

„Komm rein, wie schön, dass du dir Zeit nehmen konntest.
Lass uns in den Garten gehen. Ich habe zur Kaffezeit etwas Kuchen vorbereitet."
Sie setzten sich auf die Terrasse.
„Ich habe ganz vergessen, wie schön es bei dir ist."
Sie sah sich den angelegten Garten an und betrachtete ihn eingehend.
„Das ist ein kleines Paradies."
Sie saßen schon eine Weile zusammen, genossen beide den Nachmittag, unterhielten sich über Kinder und über das Geschäft, ließen die Seele baumeln, als sie zum wiederholten Mal in die Küche ging, um eine neue Kanne Tee aufzugießen. Beim Blick aus dem Fenster, sah sie den Wagen mit Georg und den beiden Jungen am frühen Abend vorfahren. Elsa verspürte sofort Sorge in ihr aufkeimen. Es war viel zu früh, um vom geplanten Ausflug zurück zu sein.
Was war passiert?

6

An diesem Tag kamen sie viel früher als erwartet nach
Hause. Georg stieg aus dem Wagen, etwas stimmte nicht.
Elsa war bestürzt, als sie sah, wie ihr Mann aus dem Wagen
stieg. Er humpelte mit schmerzverzerrtem Gesicht dem
Haus entgegen. Sie lief ihm entgegen, um ihm zu helfen
und zu erfahren, was eigentlich passiert war.
Michael und Dennis kamen ihr schon entgegengelaufen
und erzählten haarklein, was Georg zugestoßen war.
Erschütterung breitete sich aus. Elsa fragte sich, wie das
überhaupt hatte geschehen können. Er war ein erfahrener
Kajakfahrer. Schon seit vielen langen Jahren. Sie begriff,
welches Glück, dass sie alle drei wohlbehalten zu ihr heim-
gekehrt waren.
Ängste stiegen ihr in die Kehle und schnürten sie zu. Die
Furcht, die sie in der letzten Woche nach ihrem Alptraum
erfasst hatte, war urplötzlich wieder da. Sie ließ sie nicht
mehr los.

An diesem schicksalhaften Wochenende wäre Georg fast
ertrunken. Mit Hilfe der beiden fremden Kajakfahrer konnte er unter großer Anstrengung zwar sein Leben retten, dort
bekam er den ersten, schmerzhaften Knacks im Rücken.
So ausgelassen dieser Tag begonnen hat, so betrübt ging
er zu Ende. Georg ging am nächsten Tag zu seinem Arzt
und Freund Maximilian. Sie kannten sich schon aus der

Studienzeit und duzten sich. Als er ins Sprechzimmer kam, war Max über sein Aussehen bestürzt.

„Komm rein, Georg. Du siehst gar nicht gut aus."

„Nein, es hat mich ganz schön erwischt. Ich habe gestern einen Schlag ins Kreuz bekommen. Der Schmerz zieht sich bis ins Bein."

Er sah ihn starr an:

„Wie ist das passiert?"

„Beim Kajakfahren, ich war mit den Jungs unterwegs".

„Dann lass mal sehen", meinte er, „mach dich bitte mal frei."

Er untersuchte ihn, konnte aber erst nichts Konkretes feststellen. Verhärtete Muskulatur im Rücken wies auf eine große Anstrengung hin.

„Ich gebe dir erst eine Spritze, die dürfte die Beschwerden lindern und schreibe dir Schmerztabletten auf, die entzündungshemmend und entkrampfend wirken. Das müsste vorerst helfen. Wenn alles nicht hilft, kommst du in ein paar Tagen wieder. Dann sehen wir weiter. Mach dir keine Sorgen, das kriegen wir schon wieder hin. Die nächsten Tage ist Schonung angesagt. Nichts Schweres heben. Auch auf Sport solltest du erst mal verzichten."

„Soll ich dich ein paar Tage krankschreiben?"

„Nein, auf keinen Fall, das schaffe ich schon. Ich muss in die Bank, gerade jetzt. Im Moment kann ich mir das nicht erlauben."

Georg ging nach Hause. Durch die Spritze und die Medikamente wurden die Schmerzen erträglicher. Er war zunächst erleichtert. Elsa erkundigte sich nach seinem Befinden, während die beiden Jungen noch draußen spielten.

„Was sagt Max zu deinen Beschwerden. Hoffentlich ist es nichts Ernstes?"

„Er meinte, die Spritze müsste mir helfen. Er hat mir auch Schmerzmedikamente verschrieben. Sie wirken entkrampfend und entzündungshemmend. Ich soll in ein paar Tagen wiederkommen, wenn sich keine Besserung einstellt."

„Wie sieht es aus: Für heute Abend haben wir Theaterkarten. Kannst du heute ausgehen?"

„Eine Ablenkung tut mir sicher gut. Ich freue mich auf den Abend. Du hast schon lange darauf gewartet. Stimmt's?"
Nach einer Pause setzte er erneut an.

„Ich gebe zu, ich hatte in der letzten Zeit wenig Zeit für uns."

„Nun, das lässt sich nicht abstreiten.", meinte Elsa mit einem leichten Lächeln im Gesicht.

„Es gibt ein lustiges Theaterstück. Es wird ein schöner Abend. Anschließend schlage ich vor, wir gehen zum ‚Italiener'. Was sagst du dazu?"

„Ja", meinte er verschmitzt. „Nicht schlecht. Das hört sich vielversprechend an, gefällt mir."

„Ich bin im Arbeitszimmer und bereite für die morgige Finanzierung wichtige Unterlagen vor. Das ist noch sehr wichtig."

„Ich bereite für die beiden Jungen noch was zum Abendbrot vor.", und ließ ihn alleine zurück. Sie ging in die Küche.

Das Theaterstück war tatsächlich sehr amüsant. Das Lachen tat ihnen gut. Sie wurden ein wenig abgelenkt von ihren momentanen Sorgen.

Danach suchten sie das italienische Restaurant auf, in dem sie früher schon so gerne zu Abend aßen.

Beim Italiener „Gino" bekamen sie den reservierten Tisch aus vergangenen Zeiten.

Nachdem sie bestellt hatten, begann sie das Gespräch, das sie schon lange hatte führen wollen.

„Es ist vielleicht nicht der rechte Moment, aber ich muss mit dir über Dennis sprechen. Diesen Abend wollte ich eigentlich mit dir genießen und durch nichts verderben lassen. Aber irgendwie muss es jetzt raus:

Die Schule hat angerufen. Es gibt dort einige Probleme. In der letzten Woche war Dennis in eine Schlägerei verwickelt. Sie wussten nicht, worum es ging. Dennis wollte nicht darüber reden. Wir müssen uns mit ihm unterhalten, bevor er uns völlig entgleitet."

Georg überlegte eine Weile, sah auf seinen Teller und sein Besteck, das vor ihm lag.

„Vielleicht sind wir einfach zu streng mit ihm", meinte er.

„Er ist ein Junge. Jungs schlagen schon mal über die Stränge. Das darf man nicht so ernst nehmen."

Elsa war nicht der Ansicht, man sollte darüber hinwegsehen.

„Da bin ich anderer Meinung."

„Meine Güte Elsa, was erwartest du? Jungs müssen sich ausprobieren, sie müssen ihre Kräfte messen, sie schlagen sich auch mal, ja. Na und? - Das gehört einfach dazu, wenn sie erwachsen werden. Er kann sich nicht alles gefallen lassen. Aus welchen Gründen es auch immer dazu gekommen war. Sieh das doch mal positiv."

Elsa war über seine Ansicht schockiert.

„Nein Georg, das lass ich so nicht durchgehen. Das ist eine ernste Angelegenheit, da bin anderer Meinung. Er muss lernen, Probleme anders zu lösen, als durch eine Schlägerei. Das ist grundsätzlich keine Lösung."

Diese Streitereien wegen der Kinder konnten den letzten Nerv rauben. Im Moment hatte er keine Geduld.

Georg seufzte:

„Im Prinzip hast du ja recht. Nun gut, was schlägst du vor?"

„Ich möchte, dass wir gemeinsam mit ihm reden und ihm klarmachen, dass er mit seinen Problemen anders umgehen muss. Eine Schlägerei ist niemals eine Option. Außerdem kann er mit Problemen, die er hat, zu uns kommen, sie mit uns besprechen."

Er sah sie ernst an.

„Gut, einverstanden, lass uns jetzt nicht mehr davon sprechen. Ich möchte den Abend noch ruhig ausklingen lassen.", meinte er bitter.

Er spürte die Anspannung in sich aufsteigen.

Sein Rücken machte sich bemerkbar.

7

Einige Tage später ging Georg erneut zu seinem Freund in die Praxis. Nach der Begrüßung bat er ihn in sein Sprechzimmer.

„Komm rein, Georg. Wie fühlst du dich, ist zwischenzeitlich eine Besserung eingetreten?"

„Die Medikamente helfen. Wenn die Wirkung der Medikamente nachlässt, kommt der Schmerz wieder", offenbarte er seinem Freund.

„Ich wiederhole die Behandlung der letzten Woche und gebe dir noch einmal eine Spritze. Das hilft meistens und lindert unter anderem die Entzündung. Die Präparate nimmst du erst einmal weiter. Dann klingen auch die Schmerzen langsam ab. Sollten sich die Beschwerden allerdings wider erwarten verschlimmern, kommst du in die Praxis. Wir sehen uns aber in jedem Fall in einer Woche wieder.", meinte er.

„Aber Sport ist zum jetzigen Zeitpunkt strikt untersagt, du brauchst im Augenblick noch absolute Ruhe", fügte er hinzu und entließ ihn.
Georg befolgte die Ratschläge seines Freundes und Arztes. Er wollte wieder gesund werden.

Doch in der Bank entwickelte sich seine Arbeit für ihn nicht zufriedenstellend. Er war sehr unkonzentriert, konnte sich die Zerstreutheit selbst nicht erklären. Die Arbeit ging ihm nicht gut von der Hand.

Bei der Finanzierung, die er abwickelte, musste er höllisch achtgeben, um Fehler zu vermeiden. Denn die Verantwortung lag in dieser Angelegenheit ganz allein bei ihm.

Große Frustration kam immer wieder auf. Zurzeit durfte Georg keinen Sport ausüben. Damit hätte er den Frust abbauen können. Das war nun undenkbar.

8

Müde und erschöpft ging er so manches Mal nach Hause. Auch Medikamente hinterließen wohl nachhaltig ihre Wirkung.

Er war zermürbt. Hinzu kam, dass er seit dem unglückseligen Unfall sehr schlecht schlief. Georg wälzte sich bis tief in die Nacht oft in seinem Bett von einer Seite zur anderen und lag eine Ewigkeit wach. Die Grübelei ließ ihn einfach nicht zur Ruhe kommen.

Schlafentzug förderte nicht gerade seine Genesung.

Die ganze Geschichte hat bei Georg tiefgreifende Spuren hinterlassen. Er war in der Mitte seines Lebens angekommen. Dieser Unfall verursachte einen tiefen Einschnitt in seinem Leben, aber die Spuren ließen sich nicht einfach wegwischen. Noch nie wurde ihm so deutlich bewusst, wie schnell das Leben, das ihm so wertvoll erschien, zu Ende und vorbei sein konnte.

Er wusste sehr gut, wie viel er besaß und wie schön es war seine Frau an seiner Seite zu haben und dann seine beiden Söhne, die ihm so viel bedeuteten. Seine Familie war Sein Ein und Alles!

Sie war durch nichts zu ersetzen.

Elsa spürte sehr deutlich, wie schlecht es ihrem Mann ging. Wenn er von der Bank nach Hause kam, zog er sich in sein Arbeitszimmer zurück. Auch seine Erschöpfung war nicht zu übersehen. Sein Appetit hatte nachgelassen und er konnte sich schlecht auf ein Thema konzentrieren.

Sie nahm ihn schon nicht bei bestimmten Angelegenheiten in Anspruch, traf, wenn möglich, allein die anstehenden Entscheidungen. Sie sah die Schmerzen in seinem Gesicht. Sie konnte ihm aber nicht im Geringsten helfen oder ihm etwas erleichtern.

Auch nachts bekam sie mit, wie schwer es für ihn war, die richtige Lage und auch Schlaf zu finden. Er quälte sich und litt ungeheuerlich.

Wie gern sie etwas für ihn tun würde.

Aber was bloß?

9

Auch heute kam er wieder völlig erschöpft aus der Bank und zog sich gleich in sein separat eingerichtetes Arbeitszimmer zurück. Elsa war schon seit geraumer Zeit zu Hause und beschäftigte sich mit den beiden Jungen. Michael, der Älteste, kam heute sehr stolz und selbstbewusst nach Hause. Die Haustür wurde kaum geschlossen, als es aus ihm heraussprudelte:

„Heute haben wir die Mathe-Arbeit zurückbekommen. Ich habe wieder eine Eins. Ist das nicht super?"

Voller Stolz präsentierte er Elsa seine Mathematikarbeit, die er aus seiner Schultasche heraus holte. Elsa nahm die Arbeit in die Hand und betrachtete sie eingehend.

„Gut, Michael, ich bin sehr stolz auf dich. Mathematik ist deine große Stärke. Nur weiter so, mein Junge. Da wird sich auch Papa sehr freuen. Er ist schon zu Hause. Du kannst ihm gleich deine Arbeit zeigen."

Georg, der schon zu Hause war, saß in seinem Arbeitszimmer. Sie wollte hören, wie es ihm ging:

„Wie geht es dir heute?"

„Mit den Medikamenten ist es erträglich. Es geht auch langsam besser, mach dir keine Sorgen", meinte er.

Sie wollte, wenn möglich, die Gelegenheit nutzen, um gemeinsam mit Georg mit dem jüngeren Sohn Dennis das längst fällige Gespräch führen.

„Kannst du etwas Zeit erübrigen, damit wir mit Dennis über seine Probleme in der Schule sprechen?", fragte sie nach.

„Ich bin heute ziemlich erschöpft, dann lass uns die Angelegenheit gleich hinter uns bringen."

Gemeinsam suchten sie Denis Zimmer auf. Beide Jungen hatten ihr eigenes Reich, in dem sie schliefen, lernten und Schulaufgaben erledigten. Oft saßen sie mit den Schulsachen aber auch unten in der Küche.

10

Sie betraten Dennis Räumlichkeit und Elsa setze sich in den Sessel neben dem Schreibtisch. Georg blieb neben ihr stehen. Dennis saß auf seinem Bett und schaute sie desinteressiert an. Sein Zimmer war geräumig genug, so dass man sich darin noch gut bewegen konnte.

Zur rechten Seite stand sein Bett und am Kopfende des Bettes war ein Regal angebracht, auf dem ihr Blick haften blieb. Seine Sammlung von kleinen Modellfahrzeugen stand ansehnlich darauf. Er liebte diese Fahrzeuge, die er sammelte, prompt wie Georg. Ein BMW, ein Porsche und ein Daimler Benz, allesamt Oldies. Sie waren sein ganzer Stolz. Einige Poster schmückten hinter ihm die leere Wand. Junge Sänger einer bekannten Band waren darauf.

„Sido", ein Sänger des Hip-Hop, aber auch der Sänger „Mark Forster" gehörten zu seinen Favoriten. Es waren seine Idole, denen er nacheiferte.

Dennis war mit seinem Handy intensiv beschäftigt. Elsa kam gleich zum Thema:

„Ich glaube, wir müssen heute mal endlich einige Dinge, die die Schule betreffen, mit dir besprechen." Dennis rührte sich nicht.

Was er mitzuteilen hatte, war wohl sehr wichtig. Elsa bat:

„Kannst du jetzt deine Nachrichtensendung unterbrechen.

Lege dein Handy bitte zur Seite und stelle es aus. Wir müssen über deine Probleme in der Schule sprechen, Dennis."

„Was für Probleme?", reagierte Dennis fragend darauf.

„Es gibt keine Probleme!" war seine Reaktion.

Doch Elsa ließ sich nicht beirren.

„Deine Lehrerin hat mich angerufen und erzählt, du hattest in der letzten Woche zum wiederholten Mal eine Schlägerei mit einem anderen Jungen. Worum ging es dabei?"

Er antwortete nicht.

„Dennis, wir reden jetzt über dein Problem mit diesem Schüler, nicht über irgendwen, sondern es geht um dich. Worum ging es in diesem Streit und welche Differenzen hast du mit diesem Schüler?"

Er blieb stumm, legte aber das Handy dann doch zur Seite.

Georg schaltete sich ein.

„Gibt es Probleme mit anderen Schülern?" Er ließ ihm Zeit zum Nachdenken. Keine Antwort.

Er blieb stumm.

„Dennis, du solltest mit uns reden. Du weißt doch, dass du jederzeit mit Problemen zu uns kommen kannst. Wir können gemeinsam nach einer Lösung suchen."

Eine Zeitspanne verging.

Elsa nahm das Gespräch erneut auf:

„Dennis, wir möchten, dass du Eines weist. Du bist nicht allein. Wir stehen immer zu dir. Probleme kannst du nicht mit Gewalt lösen. Damit musst du anders umgehen. Gewalt ist niemals eine Lösung. Dein Gegenüber musst du mit Worten überzeugen."

„Der Andere hat angefangen. Das kann ich mir doch nicht gefallen lassen", brach es aus ihm heraus.

„Worum ging es denn;" hackte Elsa nach. Doch Dennis schwieg beharrlich.

„Dennis, warum redest du nicht mit uns? Warum erzählst du uns nicht, was los war?"

Sie wartete einen Moment, gab ihm Zeit zum nachdenken.

„Wenn ein Junge eine Schlägerei anfängt, musst du es dem Lehrer melden. Der muss dafür sorgen, dass die Eltern benachrichtigt werden und dass es aufhört. Und du solltest mit uns reden. Dann können auch wir eingreifen und helfen!"

Dabei schaute sie ihn eindringlich an.

„Ich weiß, dass Ungerechtigkeit nicht einfach zu ertragen ist.

Trotzdem kannst du dich so nicht verhalten. Wir haben Regeln, an die müssen wir uns alle halten.

Wo soll das denn hinführen, Dennis, wenn jeder macht, was er will und dann noch auf diese Art und Weise, wie du in diesem Fall, deine Probleme löst?"

Sie ließ es erst sacken, damit er darüber nachdenken konnte.

„Wir werden mit der Lehrerin sprechen und auch mit dem betreffenden Jungen. So kommst du mir nicht davon."

Betroffen stellte sie fest, dass sie keinen Schritt weiter gekommen waren.

Er wollte nicht darüber reden.

Im Moment hatte es keinen Sinn das Gespräch fortzuführen und den Jungen weiter zu bedrängen. Unter Zwang wollte sie nichts aus ihm herauspressen. Doch sie wollte der Sache auf den Grund gehen. Sie verschoben es auf später.

„Versprich uns, dass du dich demnächst anders verhältst und auch mit uns sprichst. So darf es nicht noch einmal eskalieren. Versprichst du es?"
Nach kurzer Pause nickte er und flüsterte leise, den Tränen nah, ein gedehntes „Jaaaa."

„Ich versichere dir, wir stehen hinter dir."
Sie ging zu ihm und nahm ihn in den Arm und drückte ihren Jüngsten an sich. Dann bemerkte sie:

„Denk darüber nach", sie stand auf drehte sich noch einmal um, bevor sie sein Jugendzimmer verließen:

„Kommst du gleich herunter, in einer halben Stunde wird gegessen."
Auch Georg verließ den Raum.

Als sie beide im Flur standen, sahen sie kurz in Michaels Zimmer. Er las gerade in einem Buch. Es schien spannend zu sein. Er sah kaum auf und vertiefte sich wieder in seine Lektüre.

„Du hast heute eine gute Arbeit nach Hause gebracht. Die kannst du ja deinem Vater zeigen. Er ist ganz stolz auf dich und schon recht neugierig", hob sie hervor.
An Georg gerichtet äußerte sie ganz nebenbei:

„Dein Sohn ist wirklich gut, das lässt sich nicht leugnen. Ich gehe schon in die Küche und bereite das Abendbrot vor. Kommt in einer halben Stunde bitte herunter, dann ist das Essen fertig."

11

In der darauffolgenden Woche rief die Schule erneut bei Elsa an. Dennis hatte in der Schule zum wiederholten Mal eine Schlägerei mit dem gleichen Jungen. Sie konnte sich das einfach nicht erklären.

Es Stimmte, Dennis war impulsiv und auch etwas schwierig, aber dass die Gespräche nichts brachten, konnte sie kaum glauben. Doch bei dieser Angelegenheit brachte es absolut nichts. Sie war zermürbt. Wie kamen sie an ihn heran und vielleicht einen Schritt weiter? Der Junge bereitete ihnen ernsthafte Sorgen. Sie versprach zu kommen. Was war mit ihrem Sohn los, dass er nicht zur Vernunft kommen wollte?

In der Schule bestand Elsa darauf, dass auch ihr Sohn beim Gespräch zugegen war. Nicht nur das. Der Junge, der an der Rauferei beteiligt war, wurde ebenso hinzugezogen.

„Worum ging es bei eurem Streit?", stellte die Lehrerin die wohl berechtigte Frage. Von beiden Jungen kam keine Reaktion.

„Es muss doch einen Grund gegeben haben, dass ihr beiden euch so feindlich begegnet wart. So redet doch endlich! Lasst euch doch nicht jedes Wort aus der Nase ziehen. Dennis, Sebastian, kommt endlich, raus damit!"

„So kann es doch nicht weitergehen.", schaltete sich auch Elsa ein.

„Sebastian, ihr wart doch mal gute Freunde! Was ist los mit euch, ich kann kaum glauben, dass zwei gute Freunde derartig miteinander umgehen und aufeinander losgehen? Wollt ihr einen Schulverweis bekommen? Das sind Übergriffe, die hier an dieser Schule nicht geduldet werden, das wisst ihr doch."

Beide Jungen sahen beschämt zu Boden und sagten nichts.

Die Lehrerin und auch Elsa bemühten sich noch eine ganze Zeitspanne herauszubekommen, um was es bei dieser Angelegenheit zwischen den beiden Jungen ging. Anscheinend machte es wenig Sinn weiterzumachen. Die beiden Jungen sprachen absolut kein Wort darüber. Nichts konnten sie den beiden entlocken. Nun hatte auch die Lehrerin genug.

Frau Wohlhaupt wandte sich an Sebastian:

„Sag deinen Eltern, sie möchten in die Schule kommen. Ihr könnt für heute gehen. Das Thema ist allerdings noch nicht abgeschlossen, das leuchtet euch beiden doch hoffentlich wohl ein. Nach der Schule habt ihr heute beide Nachsitzen." Damit waren beide entlassen.

Nachdem sich die beiden Jungen entfernt hatten, gab es noch Einiges mit Elsa zu besprechen.

„Dennis Leistungen haben extrem nachgelassen. Fehlende Schulaufgaben, aber auch seine Konzentration und Beteiligung am Unterricht sind in der letzten Zeit wahrhaftig mangelhaft. Sprechen Sie mit ihm, sein Zeugnis wird nicht gut in diesem Schuljahr. Möglicherweise muss er die Klasse sogar wiederholen.", wandte Frau Wohlhaupt ein.

„Ich werde noch einmal eingehend mit Dennis darüber sprechen", versprach Elsa, bevor sie ging.

„Das muss geklärt werden." Elsa war über das Gehörte entsetzt. Das hat sie nicht erwartet.

12

Georg kam heute später nach Hause. Er hatte seinen Tennisabend mit seinem Freund Uwe. Er konnte sich zwar nicht sportlich betätigen, doch sie genossen durch Gespräche den gemeinsamen Abend.

Elsa saß an diesem Abend noch im Wohnzimmer, blätterte in einer Modezeitschrift nach neuen Trends und ließ den Tag ausklingen. Mit einem Glas Wein in der Hand setzte sich Georg zu ihr aufs Sofa.

„In der Schule hatte ich heute das Gespräch mit Dennis und seinem ehemaligen Freund Sebastian. Es hat überhaupt nichts gebracht. Beide schwiegen sich aus. Ich weiß mir keinen Rat mehr."

Schweigend überlegten beide.

„Außerdem sind Dennis' Leistungen bedeutend schlechter geworden. Der Junge ist völlig unkonzentriert und unbeteiligt im Unterricht. Ich hoffe, es ist nur eine vorübergehende Phase. Womöglich muss er die Klasse wiederholen."

Beide dachten über das Gesagte nach, und überlegten, was sie tun konnten.

„Was hältst du davon, wenn du bei Gelegenheit mit dem Jungen ganz zwanglos das Gespräch auf die Problematik mit dem Klassenkameraden bringst.

Vielleicht öffnet er sich dir gegenüber und lässt dich an sich heran.

Als Vater hast du eventuell etwas mehr Erfolg. Ich weiß nicht, was wir sonst noch tun könnten. Es ist zum Verzweifeln."

„Ich werde mein Bestes tun", versprach Georg.

„Es ist aber wohl eher fragwürdig, ob ich erfolgreich sein werde."

„Einen Versuch ist es wert.", hoffte Elsa inständig.

13

Die Leiden und die Qualen, die sich Georg beim Kajakfahren so unglückselig zugezogen hat, hielten einige Wochen an. Dass er sich sportlich nicht betätigen konnte, be-
geisterte ihn nicht gerade.

Trotzdem versuchte er die Ratschläge seines Freundes,
wenn auch missgestimmt, letztendlich zu befolgen und
durchzuhalten. Es blieb ihm auch nichts anderes übrig, bei
den schweren Schmerzen, die ihn seitdem plagten. Mit der
Zeit wurden die Beschwerden anhaltend besser und ließen
nach längerem Zeitraum mehr und mehr nach. Wenngleich
auch noch alles schwierig war, überstand er diese schwere
Zeit des Verbotes.

Als er wieder mal bei seinem Freund in der Praxis war, gab
Max grünes Licht:

„Also ich sehe keinen Grund, warum du nicht wieder
Sport treiben solltest."

Georg sah ihn ganz erstaunt an und sprang fast in die Luft:

„Ist das dein Ernst?"

„Nicht so stürmisch, sonst liegen wir bald wieder flach.
Fange ganz langsam an und auf keinen Fall übertreiben,
hörst du", lachend verabschiedete er seinen Freund aus der
Praxis.

„Dann bis Freitag, wir sehen uns."

Mit dieser frohen Botschaft machte er sich auf den Heimweg. Er war erleichtert. Sein Enthusiasmus war nicht zu bremsen.

Zu Hause angekommen, berichtete er Elsa:

„Stell dir vor, Max hat mir erlaubt wieder Sport zu treiben. Am Mittwoch treffe ich mich mit Uwe zum Tennisspielen. Wir haben uns verabredet. Ach, ich hoffe du hast nichts dagegen, am Sonntag wollen Max und ich gemeinsam Golf spielen. Du kannst ja mitkommen, wenn du willst. Hast du Lust?"

„Geht ruhig alleine, ihr wollt unter Männern allein sein. Ich fahre mit den Jungen Fahrrad.

Wir werden uns einen schönen Tag gestalten."

Sie bereitete am nächsten Tag schon die Jungen auf das Wochenende vor. Wir fahren am Sonntag mit den Fahrrädern um den Baldeneysee und gehen anschließend essen. Was meint ihr dazu?" Sie wartete auf die Reaktion der Beiden.

Michael überlegte noch, doch Dennis war gleich von Begeisterung gepackt:

„Endlich unternehmen wir mal wieder was."

Doch Michael blieb ruhig und nachdenklich. Plötzlich leuchteten seine Augen auf:

„Darf Kati aus meiner Klasse auch mitfahren?" Elsa sah ihren Sohn erstaunt an.

„Ja, warum nicht, das würde mich freuen. Wir machen uns einen schönen Tag", meinte sie.

„Danke, Mumm" Freudestrahlend und ein wenig schüchtern drehte sich ihr ältester Sohn um und lief ausgelassen die Treppe hinauf, und verschwand im oberen Bereich des Hauses in seinem Zimmer.

14

In den nächsten Tagen ging Georg voller Elan an die Arbeit. Er traf sich mit seinem Freund Uwe zum Tennisspielen und mit Max am Wochenende zum Golfen. Es war mitten im Sommer. Langsam musste er wieder an den Holzvorrat für den Winter denken. Die Zeit war gut und es ging ihm besser.
Diese Gelegenheit musste er nutzen.

Die Försterei hatte in der lokalen Zeitung Holz angeboten. Das konnte sich jeder abholen oder liefern lassen. Auch Georg rief in der Försterei an und bestellte zwei Anhänger voll mit Holz für den Winter. Das wurde am herannahenden Wochenende geliefert. In der bevorstehenden Woche nahm er sich das Holz vor und machte sich an die Arbeit. Er musste es kamingerecht in kleine Stücke spalten, um es zu einem Holzstapel hochschichten zu können.
Der Stamm eines Baumes wurde zu Holzklötzen von etwa fünfzig Zentimeter gesägt, der dann noch halbiert wurde. In diesem Zustand konnte das Holz noch nicht gestapelt werden. Das war eine enorme Aufgabe mit viel Kraftaufwand.

Georg wusste, dass diese Arbeit noch viel Zeit beanspruchen würde. Er begann am Dienstag nach der Arbeit und wollte von nun an jeden Tag, den er konnte, für diese Tätigkeit nutzen. Eine Säge hatte er. Denn mit der Axt, wie es früher oft gespalten wurde, wäre das Ganze eine echte Schinderei gewesen. Einen Holzklotz stellte er bereit, auf dem er arbeitete, um sich die zu sägenden halbierten Holzblöcke darauf zu stellen und sich nicht so sehr bücken zu müssen.

Voller Enthusiasmus begann er mit der Tätigkeit, indem er die halbierten Holzklötze noch viertelte und weiterhin in kleine Spalten zersägte. Nacheinander nahm er sich immer wieder eine neue Hälfte vor, um sie weiter zu zersägen. Michael verkroch sich nach der Schule gern in seinem Zimmer.

Dennis wieselte gerne um seinen Vater herum und machte Handreichungen. Die kleinen zurechtgeschnittenen Holzscheite brachte er schon zur rechten Hausseite, wo das Holz zu einer Holzpalette an der Hauswand gestapelt wurde. Georg zeigte ihm, wie er vorgehen sollte, und machte es ihm mit den ersten Hölzern vor. Sein Sohn setzte das Brennmaterial genauso, wie es ihm Georg gezeigt hatte.

„Das machst du gut, Dennis", lobte Georg seinen Sohn.

„Du bist mir eine wirklich große Hilfe", setze er hinzu.

Ganz zum Schluss wurde er dann doch beim Stapeln ein wenig müde und Georg half mit. Dass sein Sohn mithalf, war schon ausgesprochen viel.

Er war sehr zufrieden und kam mit seiner Tätigkeit gut voran. Mit seiner Leistung sehr zufrieden beendete er für den Anfang seine Aufgabe.

An diesem Tag blieb Elsa länger in ihrem Geschäft. Ihre Aushilfe war durch Krankheit ausgefallen, so war sie gezwungen selbst im Geschäft zu bleiben. Als sie zur Tür hereinkam, stellte sie erschöpft ihre Tasche an der Garderobe ab, hängte ihre Jacke auf und legte die Schlüssel auf das Garderobenschränkchen.

„Hallo, ihr Lieben", begrüßte sie ihren Mann und die beiden Jungs. Georg hantierte schon in der Küche.

„Heute war im Geschäft ziemlich viel los. Meine schwierigste Kundin war mal wieder da. Bis *Sie* zufrieden gestellt war, vergingen Ewigkeiten.

Sie brauchte etwas Besonderes für einen Galaabend. Die erste Robe war ihr zu dunkel. Die zweite saß in der Taille nicht eng genug. Beim dritten Kleid gefiel dann das Dekolleté nicht. So ging es laufend weiter. An jedem Kleid fand sie etwas Unpassendes.

In der Zwischenzeit kamen noch zwei weitere Kundinnen ins Geschäft, denen ich ebenfalls gerecht werden musste. Ausgerechnet heute hatte sich Melanie ihren freien Tag genommen. Gerade momentan, da schon Patricia durch Krankheit ausgefallen war. Glücklicherweise fanden wir noch etwas Entsprechendes für sie. Die anderen beiden Kundinnen waren „Gott sei Dank" recht schnell zufriedengestellt. Für heute bin ich ganz schön geschafft.", wurde sie klagend los.

„Wie war dein Tag?", erkundigte sich Elsa.

„In der Bank ist alles soweit in Ordnung. Heute habe ich mir die Holzblöcke vorgenommen, die mir letztes Wochenende geliefert wurden und bin gut vorangekommen. Einen viertel des Stapels habe ich schon zerkleinert. Dennis hat übrigens tüchtig mitgeholfen. Er war außerordentlich fleißig."

Die körperliche Betätigung tat Georg ausgesprochen gut. Er fühlte sich sowohl in seiner Haut wie schon lange nicht mehr. Die Belastung dieser Art brauchte er als Ausgleich zu seiner sitzenden Tätigkeit.

Nachdem die Kinder in ihren Zimmern verschwunden waren, saßen sich Georg und Elsa bei romantischem Kerzenschein und mit einem Glas Wein gegenüber und unterhielten sich über die Erlebnisse des Tages. Im Hintergrund lief leise, unterhaltsame Musik. Nachdem sie ausgetrunken hatten, gingen auch sie beide zu Bett. Sie schliefen in dieser Nacht beide tief und fest.

15

Georg bereitete alles für einen Salat vor. Heute hatten sie Appetit auf Spagetti mit Tomatensoße. Dieses Gericht liebten auch die beiden Jungen sehr. Nach dem Abendbrot wurde noch die Küche aufgeräumt. Die beiden Jungen hatten abwechselnd einige Aufgaben zu erledigen, die sie übernommen hatten. Sie drückten sich gerne um die Durchführung der Arbeiten, wenn es nur irgendwie möglich war. Es gab ständig Diskussionen. So manches Mal stapelte sich das Geschirr in der Küche, bis es kein sauberes Geschirr mehr gab. Und keiner der beiden Jungen fühlte sich zuständig. Diesmal war Dennis an der Reihe, den Abfall rauszubringen. Die Spülmaschine wurde schon gemeinsam mit Elsa eingeräumt und angestellt. Die Küchenoberfläche wurde saubergewischt und der Herd gesäubert.

„Dennis, bringst du den Abfall bitte raus, dann sind wir für heute in der Küche fertig."

„Ja, gleich", kam von Dennis, der im Begriff war, sich zu entfernen.

„Was meinst du mit *gleich*? Diese ständigen leeren Versprechungen.", hakte Elsa nach. Sie war es leid, sich laufend die Ausreden und Diskusionen anhören zu müssen. Es gab täglich Auseinandersetzungen, wann etwas erledigt wird, bis letztendlich sie selbst die Arbeit machte, weil es nicht getan wurde.

Georg sah sich, wie so oft, diese Scene an. Es war immer das Gleiche. Er hatte einen kurzen Aussetzer, es reichte für heute. Er stand auf, packte seinen Sohn fest am Arm und brachte ihn gegen seinen Willen in den Bereich der Küche.

„Du machst es sofort!" Er hatte genug. Das war ein Befehl. Damit war jetzt Schluss.

„Was soll das? Au, du tust mir weh! Ich mache das doch gleich!", schrie Dennis aufgebracht auf. Georg musste sich zusammenreißen.

„Georg, bitte nicht auf diese Art. Lass mich das bitte allein erledigen. Ich schaffe das schon." Elsa wurde wütend, dass Georg sich wieder einmischte.

„Jeden Abend dasselbe, das nervt.", meinte Georg.
Und schon hatten sie eine Diskussion, wie fast jeden Abend.

„Dennis, wir müssen doch nicht jeden Tag die gleiche Diskussion führen, meinst du nicht auch? Du machst es jetzt sofort und mach es nicht noch schlimmer!", befahl sie. Es war genug.

„So ein Mist! Ich erledige die Arbeit, wann ich das will! Es ist vollkommen gleichgültig, wann ich den Abfall rausbringe. Darüber waren wir uns doch einig."

„Ich bringe dich auch dann zur Schule, wenn du hin musst und nicht wenn es mir passt. Das Essen bekommst du auch zu den Mahlzeiten und nicht, wenn ich dazu Lust habe. Also, heute gibt es mal keine Debatte, du machst es sofort, Schluss und Punkt. Hast du das jetzt verstanden? Also Abmarsch und keinen Dialog mehr. Es reicht. Wenn ich wiederkomme sind die Abfälle draußen."

Elsa entfernte sich und ging nach oben.

Sie hörte noch im Hintergrund, wie sehr sich Dennis über diese Maßnahme erregte und ablästerte. Ihr Vorgehen gefiel ihm gar nicht. Sie musste noch in den Zimmern ihrer

Söhne nachsehen, ob die gebügelte Wäsche auch in den Schränken verstaut wurde.

Heute war nach dem Waschtag die Bügelwäsche dran, die für die Schränke bereitstand. Da waren auch beide Jungen nicht immer sehr ordentlich. Wenn sie nicht dranblieb, warfen sie alles auf den Boden. Die Haushaltshilfe gab sich die größte Mühe, ihre Arbeit sorgfältig zu erledigen. Da war sie gründlich.

Sie ging nacheinander in beide Zimmer. Das entsetzte Grauen packte sie jedes Mal, wenn sie die beiden Zimmer betrat. Der ganze Packen gebügelter Wäsche lag hingeworfen auf dem Boden. Wut kam in ihr hoch. Sie stellte beide Jungen zur Rede.

„Könnt ihr mir verraten, was mit der Bügelwäsche passiert ist? Ihr geht jetzt beide nach oben und verstaut die gebügelte Wäsche wieder ordentlich zusammengelegt im Schrank, wo sie hingehört. In einer halben Stunde komme ich nachsehen. Ihr beiden würdigt nicht im Geringsten die mühsame Arbeit unserer Haushälterin. Ich möchte jetzt von beiden keine Widerworte mehr hören."

„Ich mache das gleich!" Der Satz kam von Beiden fast gleichzeitig, wie aus der Pistole geschossen. Sie drehte sich um und ging aus dem Raum. Sie wollte nichts mehr hören. Jeden Tag wurde endlos diskutiert, sodass einem schon die Argumente fehlten.

So konnte es nicht weitergehen. Sie hatte es satt, die ständigen Ausreden anzuhören. Je mehr man ihnen erlaubte und verständlich entgegenkam, umso mehr nahmen sie sich heraus. Das war eine Tatsache, die nicht akzeptabel war. Diesmal wollte sie das nicht durchgehen lassen.

Nachdem sie eine halbe Stunde später noch einmal kontrollierte, hat sich nichts verändert. Beide Jungen rief sie zu sich.

„Dennis, Michael!"

„Ich habe keine Lust, jeden Tag aufs Neue eine Familienkonferenz einzuberufen, die am Ende doch nichts bringt, weil ihr euch nicht daran haltet. Ich werde andere Maßnahmen ergreifen.

Ihr könnt euch gut überlegen, wie es weitergeht. Ich möchte eure Handys, her damit. Das Taschengeld für die nächste Woche ist im Übrigen gestrichen. Ach und noch was, die geplante Fahrradtour am Wochenende, daraus wird nichts. Ihr habt sie euch nicht verdient."

„Das ist doch unfair. Das kannst du doch nicht tun."

„Und ob ich das kann, wenn ihr beiden euch widersetzen könnt und ungehorsam seid, verabredete Abmachungen nicht einhaltet und einen solchen Zirkus veranstaltet, dann kann auch ich eine Strafe, die angemessen ist, folgen lassen, meint ihr nicht? Auf so ein Gezeter lasse ich mich nicht mehr ein."

Gesagt, getan.

Sie verließ das Zimmer, in dem sich beide aufhielten.

Elsa rührte in den beiden Zimmern der Jungen nichts an. Das mussten sie selbst in Ordnung bringen. Dafür wollte sie sorgen. Am darauffolgenden Tag, als sie von der Arbeit nach Hause kam, sah sie in die Räume von Dennis und Michael.

Anscheinend hat es dieses Mal gewirkt, es war alles weggeräumt. Sie war sehr gespannt, wie lange das anhalten würde und ob sie daraus gelernt hatten.

Sie ging darüber hinweg und sagte nichts mehr dazu.

Es geht doch.

Da beide Jungen ihre Zimmer und die Bügelwäsche wieder eingeräumt hatten, hatte Elsa eine Überraschung für ihre Söhne:

„Ihr habt euch beide Mühe gegeben und wart einsichtig, die Wäsche wurde vernünftig im Schrank verstaut. Für dieses Mal will ich nicht ganz so streng sein. Wir fahren am Sonntag die geplante Fahrradtour um den Baldeneysee. Aber Handyverbot und das gestrichene Taschengeld bleiben bestehen." Der Jubel war trotzdem groß.

„Ich hoffe, ihr habt für die Zukunft etwas daraus gelernt."

Nach dem Abendbrot saßen sie noch ein wenig zusammen und spielten einige Runden „Mensch ärgere dich nicht." Beide Jungen verloren mal eine Spielrunde. Dennis ärgerte sich jedes Mal besonders und vergaß einfach, es war nur ein Spiel. Er musste noch lernen mal zu verlieren. Auch im Leben ist niemand ständig auf der Gewinnerseite. Danach hatten Dennis und Michael andere Interessen. Sie sahen noch kurz fern und gingen dann zu Bett.

Es lief noch eine Quiz-Show. Die wollten sie beide noch unbedingt sehen.

Am Abend musste sie noch mit Georg ein Gespräch führen, als sie endlich allein waren und die Kinder im Bett verschwunden waren.

16

„Ich frage mich ernsthaft, was du dir dabei gedacht hast, so in die Diskussion einzugreifen und Dennis mit Gewalt zu etwas zu zwingen. Findest du das wirklich richtig? Wie konntest du nur? Was ist los mit dir, Georg? Was du getan hast, geht mir einfach zu weit."

„Dieses ewige Theater mit den Beiden, das geht doch so nicht weiter. Jeden Tag ist irgendetwas Anderes los. Ich habe keinen Nerv mehr, mir anzusehen, wie sie mit dir umspringen."

„Mach das bitte ja nie wieder, hörst du? Ja, so ist das mit Kindern, die in der Pubertät sind. Gefällt mir auch nicht immer. Es läuft nicht alles so glatt, wie wir es uns wünschen. Man muss auch mal was aushalten können und dann auch strenger durchgreifen. Aber, ich möchte, dass sie auch auf ihrer Seite Einsicht zeigen und begreifen, warum sie gewisse Aufgaben haben und sie erledigen sollen. Und nicht nur unter eingesetztem Zwang etwas tun, sondern, dass sie lernen Verantwortung zu tragen, auch verlässlich sind und die ihnen anvertrauten Aufgaben zuverlässig übernehmen und erledigen." Sie legte eine Pause ein und betrachtete ihn eine Weile.

„Du wirkst sehr angespannt in der letzten Zeit. Ich frage mich, ob in der Bank alles in Ordnung ist, Georg?", meinte Elsa plötzlich. Auch er verharrte eine Weile.

„Ja, es gibt Veränderungen in der Bank. Der Aktienmarkt ist stark eingestürzt. In der Bank sind alle etwas nervös. Auf jeden Einzelnen wird Druck ausgeübt, mehr Bankprodukte zu verkaufen. Sie wollen, dass wir höhere Geschäftsrendite erwirtschaften. Die Geschäfte mit den Hauseigenen Produkten sind im Vergleich zum letzten Jahr um 20 Prozent gesunken.

Die Direktion ist natürlich nicht zufrieden und stellt an uns Anforderungen, die kaum zu erfüllen sind.

Dann hörten wir, dass Stellen abgebaut werden sollen. Vereinzelte bangen um ihren Arbeitsplatz. In der Firma geht die Angst um, du kannst dir das nicht vorstellen. In heutigen Zeiten sind alle nervös. Das schafft kein gutes Arbeitsklima. Da bin auch ich etwas angespannt, natürlich."

„Das kann ich durchaus verstehen. Du solltest dir keine Sorgen machen. Dir ist dein Arbeitsplatz sicher, davon bin ich überzeugt.", versuchte sie ihn aufzumuntern.

„Außerdem bin ich auch noch da. Zur Not werden wir auch mit meinem Geld auskommen können, meinst du nicht? Irgendwie geht es immer weiter."

„Wahrscheinlich hast du recht. Hunger werden wir nicht leiden. Ich sehe wahrscheinlich zu schwarz."

„Lass uns den Abend beenden, es ist schon spät geworden."

Auch sie begaben sich in den oberen Bereich des Hauses.

17

Während Georg am kommenden Wochenende beabsichtigte mit seinem Freund Max zum Golfen zu gehen, machte sich Elsa mit den Kindern zur angekündigten Fahrradtour um den Baldeneysee auf.

Am Sonntagmorgen waren die Jungen ausgelassen vor Vorfreude und völlig ausgewechselt. Sie packten Wasserflaschen ein, damit alle für den Tag mit ausreichend Wasser versorgt waren. Dennis bekam eine Abwechslung und Michael erheiterte der Gedanke, dass seine Freundin sie begleiten würde. Die Jungen freuten sich auf den neuen Tag. Das Wetter spielte mit. Die Sonne schien heiter aus wolkenfreiem Himmel. Fast schon zu heiß und zu windstill, es bewegte sich nichts in der sommerlichen Luft.

Kati, Michaels Freundin, kam morgens mit dem Fahrrad zu ihnen gefahren und sie fuhren alle gemeinsam los.

Am Handgelenk von Michael entdeckte sie schon vor einigen Tagen sehr verräterische bunte Armbändchen. Genau die gleichen farblichen Bändchen trug auch Kati an ihrem Handgelenk. Es hatte wohl zu bedeuten, dass sie ein Paar sind und zusammengehörten. Sie fuhren los. Zum Baldeneysee hatten sie es von zu Hause aus nicht weit.

Es lag direkt vor ihrer Tür.

Dennis startete einen neuen Versuch sein Handy wiederzubekommen.

„Bekommen wir doch noch unsere Handys zurück, bevor wir aufbrechen, ach bitte?"

Elsa warf ihm einen sehr scharfen Blick zu:

„Das ist jetzt nicht dein Ernst, Dennis. Ich will das mal überhört haben. Verdirb uns nicht den ganzen Tag damit. Strafe muss Strafe bleiben, sonst hast du nichts daraus gelernt."

Auch Michael wurde hellhörig.

Womit sich Eltern heute herumschlagen müssen, dachte Elsa.

„Wir wollen die Zeit nur mit uns verbringen und uns durch nichts ablenken lassen." Damit war die Sache dann endlich vom Tisch.

„Michael, du fährst am besten als erster vor. Ich bleibe hinter euch und bilde das Schlusslicht. Nun kann es losgehen!", meinte Elsa fröhlich.

Auch sie brauchte eine Ablenkung von den Alltagssorgen und freute sich auf den Tag, der vor ihnen lag. Sie wollte die Zeit, mit den Kindern zusammen genießen.

Michael und alle nach ihm traten fest in die Pedale und fuhren an. Heute waren sehr viele Menschen am See unterwegs. Die Straße führte um den ganzen Baldeneysee ziemlich nah am Wasser entlang, bis auf ein paar Unterbrechungen auf der anderen Seite des Sees. Dort gab es neben der Straße, direkt am Ufer, noch einen Nebenweg durch ein kleines Wäldchen mit einigen Bäumen und Büschen mit schattigen Plätzchen.

Sie radelten auf der rechten Seite des Wassers, die vormittags die Sonne für sich einnahm. Direkt in Ufernähe paddelten einige Enten und erfreuten sich ihres Lebens am sonnigen Strand.

Die Kinder vor ihr saßen fest im Sattel und traten ordentlich in die Fußhebel. Die Ablenkung tat ihnen gut und die körperliche Betätigung auch. Auf dem See war eine Fähre unterwegs und führte mit den Gästen an Bord ihre Rundfahrten durch. Es gab verschiedene Anlegestellen, die sie hier und auf der anderen Seite des Sees anfuhr, um neue Gäste aufzunehmen oder auch aussteigen zu lassen. Einige Segelboote waren auf dem See unterwegs.

Am Strand saßen geduldig einige Angler, um Fische zu fangen. Ob es bei dieser Unruhe mit Erfolg gesegnet war, bezweifelte Elsa allerdings?

Es ging auf Mittag zu, die Promenade wurde dichter, voller, ein Vorbeigehen und Überholen war kaum noch möglich. Man kam an den vielen Fußgängern und Kindern, die ihre Runden auf kleinen Dreirädern oder auf kleinen Fahrrädern drehten und unterwegs waren, kaum noch vorbei.

Das Gleiche kam ihnen als Gegenverkehr entgegen. Unter ihnen befanden sich auch viele Jugendliche. Dazwischen eine ganze Staffel sportliche Radler, die ein Rennen veranstalteten, tüchtig in die Pedale traten und an ihnen vorüber rauschten, ohne Rücksicht und Gnade.

Ein gefährliches Vorbeirauschen und Überholen von beiden Seiten, ohne Bedacht auf andere Beteiligte auf dieser Seepromenade und ohne Rücksicht auf Verluste. Von verschiedenen Radfahrern wurden regelrechte Rennen veranstaltet. Manche gebrauchten die Fahrradklingel und warnten, manche aber auch nicht. Man musste höllisch aufpassen um Zusammenstöße zu vermeiden.

Ein gefährliches Unterfangen an einem Sonntagmorgen bei schönstem Wetter auf der Promenadenallee am Baldeneysee. Das Drängeln und Schieben um sie herum konnte aggressiver nicht werden. Sie kamen an eine Anlegestelle der Fähre. Dort war ein Durchkommen kaum noch möglich, sie stiegen von ihren Rädern ab, um diese dichte Stelle zu Fuß zu überwinden.

Um auf die gegenüber liegende Seite des Sees zu gelangen, mussten sie an dieser Stelle das Wasser überqueren. Die Brücke, die gerade an diesem Sonntag ein großes Hindernis darstellte, lag noch vor ihnen. Sie war sehr eng, in dem dichten Gegenverkehr fast nicht passierbar.

Sie stiegen von ihren Fahrrädern ab, sie musste ohnehin zu Fuß überquert werden. Nachdem sie auch dieses Hindernis endlich mit viel Mühe hinter sich gelassen hatten, lag der Rest der Strecke besser befahrbar vor ihnen. Den gefährlichsten Teil der Strecke hatten sie bewältigt und heil hinter sich gebracht. Hier radelten sie wieder hintereinander weiter und kamen voll in Fahrt.

Plötzlich stockte vor ihr der Verkehr, der so gut im Fluss war. Die Kinder und auch sie fuhren fast aufeinander. Was war passiert?

„Michael, was ist los, warum bleibt ihr stehen?", erkundigte sich Elsa, die nicht sofort den Grund dafür erkennen konnte. Michael zeigte auf sein Fahrrad.

„Die Kette ist abgesprungen. Was für ein Mist! Das kann doch nicht wahr sein!" Wütend darüber, dass sein Fahrrad Probleme machte, schlug er mit seiner Handfläche auf seinen Fahrradsitz, brachte einige Schimpfwörter über seine Lippen und verschaffte sich Luft. Sie stellten sich an den Rand der Promenade, damit Vorbeifahrende mehr Platz hatten.

Elsa war entsetzt.

„Michael, was ist denn los mit dir? Reiß dich doch bitte zusammen, wir sind nicht allein. Was soll denn deine Freundin von dir halten? Ich möchte nicht, dass du so sprichst!"

Seine Augen blitzten sie giftig voller Zorn an.

Michael ging an die Arbeit und bemühte sich die Kette an seinem Fahrrad wieder aufzulegen. Dazu musste die Kette auf die Zahnräder gelegt werden, dann drehte er die Pedale langsam im Uhrzeigersinn, damit sie wieder einrasten konnte.

Das klappte aber nicht, die Kette sprang immer wieder ab. Er versuchte es noch mehrfach. Michael wurde abermals wütend. Dass ihr Sohn so wütend werden konnte, kannte Elsa von ihm bis jetzt noch nicht.

Elsa versuchte ihn zu beschwichtigen, als plötzlich jemand neben ihr stand und Hilfe anbot.

„Kann ich ihnen behilflich sein, ich sehe, sie haben Probleme mit der Kette? Das Fahrrad will wohl nicht mehr?", fragte ein junger Mann, vielleicht ein wenig älter als ihr Sohn Michael.

„Wenn Sie sich mit Fahrradketten auskennen, würde uns das helfen?"

„Das haben wir gleich, zeig mal her. Damit kenne ich mich aus. Ist nur halb so schlimm.", meinte er zu Michael gewandt und wusste sofort, was zu tun war. Drei Versuche und mit ein wenig Geschick und die Kette rastete dort wieder ein, wo sie hingehörte. Alle waren erleichtert, vor allem Michael, der bedankte sich erst mal ganz erfreut. So konnte es mit der Radtour gleich weitergehen.

„Wie kann ich Ihnen bloß danken. Wollen Sie mit uns etwas trinken. Sie sind herzlich eingeladen. Wir machen gleich eine Pause in der „Grünen Fähre.", bot Elsa an.

„Es ist nicht der Rede wert. Aber vielen Dank. Ein anderes Mal vielleicht.", meinte er trocken.
Neben ihm tauchte ein hübsches junges Mädchen auf, das bis jetzt noch keiner bemerkt hatte. Er war nicht allein. Das junge Pärchen wollte wohl allein sein. Das konnte sie gut verstehen.
Sie verabschiedeten sich.

Gedankenverloren sah sie ihnen nach.

18

Inzwischen waren sie auf der gegenüberliegenden Seite des Sees angelangt. Den Weg durch das schattige Wäldchen zu nehmen, da die Sonne hoch und heiß über ihnen schien, war nun etwas angenehmer. Der Tag hat sich zunehmend erhitzt.

„Eine kleine Erfrischung, bevor wir weiterfahren, wird uns allen gut tun.", rief Elsa von hinten.

Die „Grüne Fähre", in der sie einkehren wollten, war nicht weit von ihnen entfernt. „Wir machen gleich eine Pause und essen alle etwas.", verkündete Elsa.

Sie stiegen ab, stellten ihre Fahrräder in den Fahrradständer und suchten sich auf der Terrasse des Lokals einen Platz. Die Plätze waren alle belegt, so warteten sie, bis ein Tisch in der äußersten rechten Ecke direkt am Wasser frei wurde.

Große Sonnenschirme waren wie Schutzschilder über die Tische ausgebreitet worden, alle aneinander gereiht wie Perlen, um die darunter Sitzenden vor der Sonne zu schützen. Es war einfach schön auf dieser Terrasse bei dem schönen herrlichen Wetter so nah am Wasser zu sitzen.

Sie setzten sich und warteten auf den Kellner. Es gab an diesem Tag sehr viel zu tun. Nach langem Warten kam der Kellner endlich auch zu ihnen an den Tisch.

„Bestellt euch das, was ihr essen möchtet! Kati, was möchtest du bestellen?" Sie war sehr schnell entschlossen und bestellte.

„Ich bekomme einen Burger mit Pommes Fritte und eine Coca-Cola."

„Ich nehme das Gleiche", schlossen sich Michael und anschließend auch Dennis mit ihrer Bestellung an.

„Mir bringen Sie bitte einen Salat und ein Glas Wasser.", bestellte auch Elsa.

Bei dieser Hitze konnte sie nichts Schweres verzehren.

Während sie auf die Getränke und das Essen geduldig warteten, beschwerte sich Dennis laut. „Wenn ich jetzt mein Handy bei mir hätte, könnte ich wenigsten das Pokemonspiel spielen und sehen, was andere Spieler inzwischen Neues geschaffen haben."

„Du wirst doch noch einen Tag ohne dein Handy auskommen können?", warf Michael ein.

„Das musst du gerade sagen. Bist ja selber ständig mit dem Handy beschäftigt.", meinte Dennis.

„Ich weiß mich auch anders zu beschäftigen, ich brauche nicht ununterbrochen das Handy dafür.", musste Michael noch hinzufügen.

„Jungs, wir haben heute einen Gast mitten unter uns, das ist nicht sehr höflich."

„Wir wollen uns auch unterhalten. Schaut euch um, wie schön es hier ist. Spielen kannst du noch Jederzeit genug.", meinte Elsa. Dann sprach sie das Thema Urlaub an.

„Kati, haben deine Eltern schon euren Urlaub geplant? Wohin fahrt ihr in diesem Jahr in den Urlaub?", wollte sie von Michaels Freundin wissen.

„Meine Eltern haben an der Ostsee, Nähe Rostock, für zwei Wochen gebucht. Länger kann sich mein Vater nicht freimachen. Ich hoffe, wir haben zu der Zeit schönes Wetter, damit wir baden können.", erzählte sie. Michael schaltete sich ein.

„Dennis und ich fahren mit den Pfadfindern in die Dolomiten. Das wird bestimmt sehr aufregend. Wir haben auch schon letztes Jahr gemeinsam eine Fahrt mit den Pfadfindern gemacht. Ich freue mich schon auf die Fahrt in diesem Jahr. Die Dolomiten sind sehr schön.", meinte er.

„Aber da können wir auch keine Handys mitnehmen, das finde ich richtig blöd.", kam von Dennis.

„Du wirst es gar nicht vermissen. Du wirst so beschäftigt sein, dass du keinen Gedanken daran verschwendest."

„Abends am Lagerfeuer zu sitzen, Kartoffeln zu grillen und zur Gitarrenmusik gemeinschaftlich zu singen ist durch nichts zu ersetzen. Du weißt überhaupt nicht, wie schön das ist. Warte ab. Du wirst erstaunt sein, wie romantisch es wird. Danach wirst du wie ein Toter schlafen." Ganz an diese Zeit in Gedanken versunken sah er verträumt vor sich hin. Seine Freundin Kati sah ihn erstaunt an.

„Diese Seite kenne ich noch gar nicht an dir.", meinte sie verdutzt und schmunzelte. Amüsiert sah ihnen Elsa zu.

Sie überlegte gedankenverloren, es würde nicht mehr lange dauern, ihre Jungen würden bald flügge. Es gab keinen Zweifel, ihr Junge wird langsam erwachsen.

Nachdem sie gegessen hatten, brachen sie wieder auf.

„Wir haben noch eine gewaltige Strecke vor uns, bis wir zu Hause sind.", ließ Elsa verkünden.

„Wir fahren auf dem Rückweg in der gleichen Reihenfolge.", und so begaben sie sich auf den Heimweg. Die Straße auf der linken Seite des Sees war an einigen Stellen um etliches schmaler. Hier mussten sie viel mehr auf Gegenverkehr achten und ausweichen. Plötzlich ergab sich vor Elsa eine sehr prekäre Situation.

Sie fuhren alle rechts hintereinander. Auf der linken Seite kamen Fußgänger entgegen, die von Fahrradfahrern überholt wurden. Sie nahmen keine Rücksicht darauf, dass der Weg einfach an der Stelle für alle zu eng wurde.

Kati, die diesen Radfahrern nicht ausweichen konnte und auf der gleichen Höhe war, stürzte. Elsa und die Jungs hielten an, um zu sehen, wie schwerwiegend der Sturz war und Kati beim Aufstehen behilflich zu sein. Elsa regte sich laut auf.

„Das kann doch nicht wahr sein? Was für üble Raudies sind das denn?"

Ganz aufgebracht sah sie den Radfahrern nach, die einfach weiterfuhren und sich nicht darum scherten, was sie angerichtet hatten.

„Lass mal sehen, kannst du aufstehen?", sprach sie zu Kati und half ihr beim Aufrichten. Die rechte Hand hielt sie fest und am Knie hatte sie sich kräftige Schrammen zugefügt. Elsa beugte sich zu ihr herunter.

„Hast du Schmerzen?", wollte sie von ihr wissen.

Mit verzerrtem Gesicht und Tränen in den Augen antwortete sie:

„Ich habe Schmerzen am Knie, vor allem aber im Handgelenk." Sie versuchte aufzustehen, aber es gelang ihr nicht. Auch mit Elsas Hilfe schaffte sie es nicht.

So nahm sie vorsichtig das Fahrrad auf, das zum Teil auf Kati lag und überreichte es Michael, der es an einem Schild befestigte.

Einige Passanten waren zu ihnen geeilt, um zu helfen. Einer holte sein Handy heraus und rief den Rettungsdienst. Es dauerte keine zehn Minuten und die Rettungskräfte waren vor Ort, um Kati ins örtliche Krankenhaus zu bringen.

„Ich fahre mit, fahrt ihr beiden schon nach Hause, ich komme nach, sobald das möglich ist. Ihr könnt hier jetzt ohnehin nicht helfen.", gab Elsa ihren beiden Jungen mit auf den Weg.

Sie konnte Kati in dieser Situation nicht allein lassen. Außerdem wollte sie sichergehen, dass sie keine ernsthaften Verletzungen davongetragen hat. Aber, es sah leider anders aus. Sie musste untersucht werden.

„Michael, verständige Katis Eltern und sagt ihnen, was passiert ist." Elsa Stieg in den Rettungswagen. Damit endete die Fahrradtour, die so gut begonnen hat.

19

Nachdem der Krankenwagen zum Krankenhaus fuhr, setzten die beiden Jungen den Weg nach Hause fort. Über sich hörten sie einen Hubschrauber kreisen. Etwas musste geschehen sein.

An der Stauwehr mussten sie von den Fahrrädern absteigen und sie herüberführen. Dort konnten sie von der Brücke aus die dramatische Rettung eines Schwimmers aus der Ruhr miterleben. Erst später erfuhren sie in den Nachrichten, dass ein junger Mann von 19 Jahren ins Wasser gesprungen war, um zu schwimmen. Die starke Strömung zog ihn unter Wasser und er ging unter. Er hat seine Kräfte wohl überschätzt.

Der 19-jährige hatte diesen Unfall nicht überlebt. Das war ein dramatischer Ausgang eines wunderschön verlebten Tages, der sie sehr ernst und traurig stimmte.

Zu Hause angekommen rief Michael bei Katis Eltern an:

„Hier ist Michael, Kati ist mit dem Fahrrad gestürzt und sie wurde in das örtliche Krankenhaus gebracht. Meine Mutter ist bei Ihr."

Dann erzählte er vom Sturz mit dem Fahrrad. Die Eltern waren in heller Aufregung.

Ein schlechter Ausklang dieses schönen Tages. Sie wussten noch nicht, wie schwerwiegend die Verletzungen ihrer Tochter waren.

Georg kam vom Golfen nach Hause. Er traf ganz erstaunt nur die beiden Jungen an.

„Wo ist eure Mutter?", wunderte er sich.

„Mama ist mit Kati in die Klinik gefahren. Sie ist mit dem Fahrrad gestürzt. Ein paar Radfahrer, die ihr entgegenkamen, haben sie verdrängt.",beendete Michael seinen Satz.

„Stell dir vor, die sind doch einfach weitergefahren.", erzählte Dennis aufgeregt.

„Schade, dass dieser schöne Tag heute so enden musste.", bedauerte Michael den verlaufenden Tag.

„Ansonsten war der ganze Tag schön und harmonisch.", setze er noch hinzu.

„Dann wird es noch dauern, bis eure Mutter nach Hause kommt. Die Untersuchungen im Krankenhaus dauern immer etwas länger."

„Habt ihr Hunger? Ich mache uns etwas zu essen.", fügte Georg noch hinzu und begab sich in die Küche, belegte ein paar Brote und machte einen Salat dazu.

„Für heute wird das wohl reichen müssen. Wenn ihr zu Ende gegessen habt, macht euch fertig, und geht ins Bett. Es ist schon spät geworden. Ihr müsst morgen ausgeschlafen sein."

„Ja Papa.", erwiderten beide sehr bedrückt. Auch den beiden Jungen ist Katis Unfall aufs Gemüt geschlagen.

20

Auch für Elsa wurde es spät. Bis überhaupt ein Arzt vor Ort war, mussten sie lange warten. Der Bereitschaftsdienst habende Arzt musste von zu Hause erst zum Krankenhaus abberufen werden. Kati wurde eingehend untersucht. Das Knie und der rechte Unterarm wurden geröntgt.

Während die Untersuchungen liefen, kamen auch Katis Eltern. Sie waren ganz bleich. Elsa unterrichtete sie über alles, was geschehen war. Endlich kam der Arzt und gab eine Information.

„Ihre Tochter hat sich das Gelenk und den Unterarm des rechten Armes gebrochen. Es ist ein sehr komplizierter Bruch im Gelenk, den sie sich zugezogen hat. Das müssen wir leider operieren. Am Knie hat sie nur eine Prellung und ein paar Schrammen davongetragen."

Die Eltern waren schockiert.

„Machen Sie sich keine Sorgen. Das bekommen wir wieder hin. Sie wird nichts zurückbehalten." Der Arzt verschwand wieder hinter der Untersuchungsfassade, wo auch der Operationsbereich vermutet wurde. Elsa hatte Schuldgefühle, auch wenn sie nichts verschuldet hatte.

„Es tut mir sehr leid, dass das geschehen ist." Sie senkte ihren Blick.

„Sie trifft keine Schuld, machen Sie sich keine Gedanken. Sie ist in guten Händen, da sind wir ganz sicher.", wurde sie von den Eltern beruhigt.

„Gehen Sie jetzt nach Hause, wir bleiben ja hier, bis wir wissen, dass alles gut verlaufen ist. Sie haben alles getan, was notwendig war. Wir bedanken uns vorerst bei ihnen und melden uns morgen."

Elsa verabschiedet sich und ging nach Hause. Das der schöne Tag so ausgehen würde, konnte niemand voraussehen.

Georg empfing sie schon und stellte auch ihr einen Teller mit belegten Broten und einen Teller mit Salat hin.

„Im Moment kann ich nichts essen."

„Die Jungen haben schon erzählt, was sich ereignet hat."

Dann erzählte sie, dass Kati operiert werde und wie rücksichtslos manche Menschen sind. Das beschäftigte sie immer noch.

„Denk jetzt nicht mehr daran. Manche Dinge kann man nicht verhindern und auch nicht ändern." Dann erzählte Georg, wie sein Tag verlaufen war, um sie abzulenken.

„Wir haben heute Morgen erst gemeinsam im Golfclub gefrühstückt. Uwe erzählte von seinen Eheproblemen. Sie wünschen sich so sehr Kinder, aber es funktioniert einfach nicht. Beate macht jetzt eine Hormonbehandlung. Alle Ratschläge bis dahin brachten ihnen nichts.

Dann haben wir mit dem Golfen begonnen. Von meinem Handicap, das eigentlich bei 18 liegt, konnte ich heute nur träumen. Es lag heute bei 30. Das war mein schlechtestes Ergebnis. An ein noch schlechteres Resultat kann ich mich jedenfalls nicht erinnern. Ich konnte es kaum fassen. Ich scheiterte am Bunker. Dort bekam ich den Golfball nicht herausgeschlagen.

Und am Teich ist es auch danebengegangen. Sobald ich mich anfange zu ärgern, läuft nichts mehr rund. Mehr brauche ich dir nicht zu erzählen. Danach konnte ich alles vergessen.

Stell dir vor, ich hätte einen Volvo gewinnen können. Sonst bin ich beim Golfen eigentlich ja nicht zu schlagen. Aber heute war einfach nicht mein Tag. Es klappte nichts. Ich bin sehr deprimiert gewesen.", wollte er seinen Frust loswerden.

Von dem Unfall an der Ruhr hat sie noch nichts gehört. Er erzählte, was sie über den Unfall an der Ruhr in den Nachrichten anschließend gehört hatten.

„Das war kein so guter Tag. Dann hatte Kati noch viel Glück im Unglück."

Am darauffolgenden Tag rief Katis Mutter bei Elsa im Geschäft an.

„Wollte sie nur wissen lassen, dass die Operation unserer Tochter gut verlaufen ist und Sie sich nicht mehr sorgen müssen. Es geht ihr inzwischen den Umständen entsprechend gut. Katharina hat alles tapfer übergestanden. Hoffentlich haben Sie auch alle den Schrecken überstanden."

Elsa war froh, dass Kati wohlauf und auf dem Weg der Besserung war.

2

Georg hatte Feierabend. Er dachte wieder daran, bei dem schönen Wetter die Zeit zu nutzen und das Holz zu spalten, damit es unter dem Vordach gelagert werden konnte. Diese Aufgabe nahm er in Angriff. Dennis und Michael waren auch schon zu Hause. Georg öffnete die Tür zu Dennis Zimmer und ließ ihn wissen:

„Heute nehme ich mir das Holz vor, da ist noch eine Menge zu tun. Du könntest mir wieder ein wenig behilflich sein."

„Oh ja! Ich komme gleich!", rief Dennis begeistert aus.
Er sah noch in Michaels Zimmer, um ihn zu begrüßen und war erstaunt. Das Zimmer war leer. Georg ging hinunter in den Garten und machte sich an die Arbeit. Als Dennis herunterkam, erkundigte er sich.

„Weißt du, wo sich dein Bruder aufhält? In seinem Zimmer habe ich ihn nicht angetroffen. Im Erdgeschoss war er auch nicht auffindbar."

„Er ist im Krankenhaus und besucht seine Katharina. Sie musste ein paar Tage länger im Krankenhaus verbringen, wird aber in ein paar Tagen schon wieder nach Hause entlassen.", kam die Auskunft von Dennis, der gut informiert war.

Georg ging an die Arbeit, krempelte die Ärmel seines Hemdes hoch und begann mit den Halbierungen des Holzes.

Zwischendurch legte er immer wieder eine Pause ein und trank viel Wasser.

„Verträgst du dich nun wieder mit Sebastian?", wollte er in einer Pause ganz nebenbei wissen.

Dennis sah ihn misstrauisch von der Seite an. Er wusste nicht, wie er diese Frage einordnen sollte. Beide lehnten an der Holzpalette und Georg wählte seine Worte mit Bedacht, als er fortfuhr.

Dann erzählte er seinem Sohn aus der Zeit, als er noch selbst ein Schüler war und in die Schule ging.

„So einen Jungen hatte ich damals auch in meiner Klasse. Ich war als Junge sehr schmächtig und lernte ganz gut. Das mögen manche Jungen gar nicht. So war es auch bei ihm. Alles störte ihn an mir, egal was ich tat. Der hatte mich echt auf dem ‚Kicker'. Bis es eines Tages eskalierte."

Er sah nachdenklich in die Ferne, und erinnerte sich an damals. Dennis sah ihn interessiert an. Dann sprach er weiter.

„Damals wäre ich fast von der Schule geflogen. Ich hatte viel Glück, dass das nicht geschehen war. Ich kann dich gut verstehen."

Er nickte mit dem Kopf und sah seinen Sohn mit einem verständnisvollen Blick an.

„Was war denn der Anlass für eure Prügelei? Meinst du, du könntest mir das verraten?"

Dennis dachte nach, ob er seinem Vater gegenüber doch die Wahrheit erzählen könnte, worum es gegangen war. Dann brach es aus ihm heraus.

„Das ist ein richtiger Idiot! Er macht mich bei den Mädchen schlecht. Und außerdem hat er Mama beleidigt. Das kann ich doch nicht zulassen? Der ist doch nur neidisch, dass es uns so gut geht. Der ist ein echter Spießer!", aufgeregt verschaffte er sich Luft. Es machte ihn immer noch wütend.

„Solche Jungs muss man einfach ignorieren. Die sind es gar nicht Wert, dass man sich mit ihnen befasst. Glaube mir. Das wirst du, wenn du älter bist, schon noch erkennen und auch verstehen.
Wenn du ihm und seinen Worten keine Bedeutung schenkst, hört er irgendwann von selbst auf. Solange du dich ärgerst, verbeißt er sich immer mehr in die Sache. Ignorier ihn einfach. Das wirkt am besten", gab er ihm den guten Rat.
Dennis nickte zufrieden und war erleichtert. Endlich war es raus. Da war jemand, der ihn verstand. Zum Schluss versuchte Georg seinem Sohn ins Gewissen zu reden:

„Mir ist zu Ohren gekommen, dass deine Versetzung gefährdet ist. Was ist passiert, dass du dich in der Schule so wenig einbringst? Schulaufgaben und Beteiligung am Unterricht sind nun mal wichtig. Das wirst du irgendwann auch einsehen. Dann wird es aber zu spät sein. Du bist doch sehr intelligent, Dennis". Er machte eine Pause und sah seinen Sohn an.

„Nutze das, was dir mitgegeben wurde, mach was daraus. Alles liegt in deinen Händen."

„Papa, ich verstehe, was du damit meinst. Ab jetzt werde ich mir große Mühe geben, versprochen." Damit drehte er sich um und begann zu arbeiten.
Georg war zufrieden mit dem Ergebnis seines Gespräches und sah seinem Sohn nachdenklich nach. Es steckte viel Gutes in seinem Jungen, stellte er fest, und nahm weiter die Arbeit auf, die ihm gut von der Hand ging. Er zerkleinerte

einen ganzen Stapel Holz zu kleinen Holzscheiten und Dennis half fleißig dabei, sie an der Wand auf der Holzpalette weiter aufzuschichten. So waren sie bis zum Abend beschäftigt.

22

Heute bekam ihm die Tätigkeit nicht ganz so gut, wie das letzte Mal, stellte er nach getaner Arbeit fest. Sein Rücken machte sich leicht bemerkbar. Zwischendurch musste er sich einige Male aufrichten und verweilen. Das Kreuz war müde. Ein leichtes Ziehen ging durch sein Rückgrat. Es wird hoffentlich nichts zu bedeuten haben?

Angst kroch in ihm hoch. Hat er sich zu viel zugemutet? Er hoffte, dass es nicht so war und dass die Beschwerden vorübergehen würden. Es war noch eine große Menge Holz zu bearbeiten. Das musste er noch schaffen. Die Erinnerung an das letzte Mal war noch nicht verblasst.

Als die Jungen im Bett waren, besprach Georg die Angelegenheit mit Elsa, die Dennis betraf.

„Heute ergab sich eine günstige Gelegenheit, über sein Problem mit Sebastian zu sprechen. Was er mir erzählt hat, war sehr überraschend. Er hat unter anderem dich in Schutz genommen. Und es ging natürlich um Mädchen, wie sollte es anders sein. Dennis wird von dem Jungen massiv gemobbt und verhöhnt. Ich hoffe, dass er das von mir Gesagte beherzigt und es schafft, ihn zu ignorieren. Er versprach mir, sich für die Schule mehr anzustrengen."

„Es wird sich zeigen, ob er sich ernsthaft bemüht seine Leistungen zu verbessern und dazu auch in der Lage ist", entgegnete Elsa.

„Hoffen wir, dass er bis jetzt nicht zu viel Lernmaterial versäumt hat."

Elsa war, wie so oft, alleine mit den Jungen zu Hause geblieben. Georg fuhr schon am Freitag los. Da sie auch am Samstag ins Geschäft musste, kamen Elsas Eltern zum Wochenende, versorgten die Jungen und hatten dadurch auch mal wieder etwas von ihren Enkeln.

Elsa freute sich, am Wochenende ihre Eltern bei sich zu haben. Sie sah sie ohnehin zu selten in der letzten Zeit. Am Wochenende wollten sie es ruhig und gemütlich angehen lassen.

Elsa überlegte und plante für das kommende Wochenende. Der Sinn stand ihr nach einer kleinen Abwechslung mit guten Freunden.

Georg wurde am Sonntagabend zurück erwartet. Sie saßen in der Küche und spielten gemeinsam ‚Mensch ärgere dich nicht', als er vor dem Haus vorfuhr. Er wurde sehnsüchtig erwartet und euphorisch in Empfang genommen. Alle freuten sich, dass er wieder zurück war. Wochenenden, an denen sie nichts gemeinsam, unternehmen konnten, verliefen etwas geruhsamer. Elsa konnte mal tief durchatmen, ausruhen und sich nur mit den beiden Jungen etwas intensiver beschäftigen.

„Du hast knapp meine Eltern verpasst. Schade, dass du sie nicht mehr gesehen hast.", bemerkte Elsa und begrüßte Georg mit einer kurzen Umarmung, als er zur Tür hereinkam.

Auch die Jungen stürmten auf Georg zu und waren froh, dass er wieder da war.

Nachdem sie ihm von dem Wochenende erzählte, sahen sich die Kinder noch eine Sendung im Fernsehen an. Dann marschierten die Jungen nach dem Essen ins Bett. Georg und Elsa hatten etwas Zeit für sich.

Georg bereitete in seinem Arbeitszimmer seine Unterlagen für den nächsten Tag vor, die er dringend am kommenden Montag brauchte. Dann kam er herunter und setzte sich zu Elsa.

„Wie war dein Wochenende?", erkundigte sie sich.

„Es war sehr interessant, aber auch anstrengend. Sich den ganzen Tag voll zu konzentrieren ist sehr ermüdend."

„Ich habe mir heute Folgendes überlegt, wir könnten uns am Wochenende Gäste einladen.", ließ sie ihn wissen.

„Lass uns doch zum Grillabend ein paar Freunde einladen. Das ist längst überfällig und unsere Freunde warten auch schon darauf. Ein geselliger Abend wird uns allen gut tun." war Elsas Überzeugung.

„Ja, das ist keine schlechte Idee." Davon war auch Georg angetan.

Erschöpft von den letzten zwei Tagen und der Reise bereitete er sich darauf vor, ins Bett zu gehen. Sein Kreuz machte ihm Sorgen. Die Schmerzen nahmen zu.

23

Das Wochenende mit der Grillparty näherte sich und alles wurde vorbereitet.

Das Fleisch war zum Grillen bereitet und der Grill gezündet. Verschiedene Salate und Dipsoßen wurden angerichtet, und Baguettes im Ofen aufgebacken.

Das Wetter ließ sie nicht im Stich. Milde, warme Sommerluft gemischt mit gegrilltem Fleisch und Gewürzen verbreitete ihren angenehmen Duft. Die Gäste kamen schon am Nachmittag oder gegen Abend nacheinander, wie es ihnen zeitlich möglich war, bis sie endlich alle anwesend waren. Jeder versorgte sich selbst mit Getränken, das Büfett wurde eröffnet.

Kleine Grüppchen haben sich gebildet. Die Männer hatten ihr Lieblingsthema über Sport aufgegriffen vor allem Fußball. Die Bundesliga wurde stark diskutiert. Vor allem ging es um den Verein ‚Bayern‘, ob sie dieses Mal die Champions Leage wohl endlich schaffen würden? ‚Borussia Dortmund‘ lag dieses Mal auch noch im Rennen.

„Womöglich kommen diese beiden Vereine im letzten Spiel zusammen und spielen gegeneinander." meinte einer der Beteiligten. Sie glaubte Max zu erkennen.

„Nein, das schaffen sie nicht. Ich bin ziemlich sicher, dass es ‚Bayern‘ dieses Mal schaffen kann." war Hassans Meinung.

„Auf keinen Fall. Höchstens durch eine Fehlentscheidung des Schiedsrichters. Wäre nicht das erste Mal." meinte Uwe.

„Da könntest du Recht haben." meinte Georg.

„Bis jetzt hatte es etliche Male für beide Mannschaften nicht gereicht. Ich lasse mich überraschen und bin schon sehr gespannt." war Max Überzeugung.
Die Wogen gingen bei diesem Thema hoch. Jeder wusste es besser. Und ein Jeder hatte seinen Favoriten.

Frauen bildeten separat eine Gruppe. Die Themen waren Kinder, Haushalt und natürlich Mode, wie konnte es anders sein. Elsa hörte mit einem Ohr zu den Männern herüber und bekam die hitzige Auseinandersetzung langsam mit, die sie mit Sorge verfolgte.
Der Abend schritt voran, der Konsum von Alkohol dementsprechend auch. Die Diskusionen wurden hitziger.
Nun kam das Gespräch auf das schwierige Thema der Flüchtlingspolitik, ein Thema, das sehr heikel war und das bei solchen Treffen besser gemieden werden sollte. Georg war nicht mehr ganz nüchtern, das konnte sie deutlich heraushören.

„Nach alldem, was um uns herum geschieht, sollten wir Flüchtlinge, die hier kriminell werden, sofort zurückführen. Dass wir so viele Fremde hier aufnehmen, macht wirklich Angst. Was wird aus unserem Land? Wir sollten wieder Grenzen einführen.", war seine Angst, die er loswerden wollte. Elsa horchte auf. Was hat sie von ihm vernommen? Sie wunderte sich über seine Gesinnung.

„Keine Frage, über kriminelle Flüchtlinge müssen wir nachdenken und eine Lösung finden. Aber wir sind den

Menschen, die in Not sind und vor Krieg flüchten, die bereit sind ihre Heimat und alles, was sie besitzen, zu verlassen, um ihr Leben und das ihrer Kinder in Sicherheit zu bringen, schuldig, ihnen zu helfen und sie aufzunehmen. Wir können diese Menschen in ihrer Not nicht einfach an der Grenze zu unserem Land stehen lassen. Das ist unsere höchste humanitäre Menschenpflicht.", meinte Hassan, der türkische Eltern hatte, aber hier geboren und aufgewachsen war und nicht Georgs Meinung vertrat.

„Dass sich Terroristen unter diese Flüchtigen mischen, um zu uns zu kommen, mit der Absicht, hier Menschen zu töten, damit müssen wir rechnen.

Sehen wir uns nur die Türkei an, wenn es so weitergeht und der Staatspräsident Erdogan weiter so gegen sein Volk vorgeht, wo wird das enden? Von Demokratie gibt es schon lange keine Spur mehr in diesem Land. Das Land geht einer Diktatur entgegen. Pressefreiheit und Meinungsfreiheit des Volkes sind Fremdwörter geworden. Alles in diese Richtung wird ausgeschaltet und entfernt.", beendete Hassan seine Argumente.

„Wir befinden uns in einer neuen Art von Krieg. Wir können uns nirgendwo mehr sicher fühlen. Das wird unsere neue Welt sein, im Krieg zwischen den Religionen.", meinte sein Freund Uwe.

Doch Georg konnte nicht aufhören. Er machte Stimmung gegen Flüchtlinge und seinen Freund Hassan, mit dem er groß geworden war und sich sonst gut mit ihm verstand.

Elsa, die das Gespräch mitbekam, horchte auf. Was war mit Georg los? Hat er zu viel getrunken?

„Komm Georg, es ist genug für heute. Verdirb nicht den schönen Abend. Das sind unsere Gäste. Vergiss das bitte nicht." So kannte sie ihn nicht.

„Ich werde mich besser verabschieden, es ist schon spät geworden." Hassan nahm seine Frau, die mit ihm gekommen war, unterm Arm und sie verließen die Feier.

„Komm, lass uns gehen, bevor es noch schlimmer wird. Er ist heute nicht bei Verstand."

Die Stimmung war verdorben. Auch andere Gäste verabschiedeten sich langsam nacheinander und verließen die Festlichkeit.

Nach diesem Abend hatte Georg einen furchtbaren Kater. Im Laufe des Tages kam ihm langsam siedend heiß die Erinnerung an den vergangenen Abend einen Tag zuvor. Scham und Gewissensbisse plagten ihn, er konnte nicht begreifen, was ihn getrieben hat, all die Äußerungen von sich zu geben. Am liebsten wäre er im Boden versunken. Wie konnte er nur das aus der Welt schaffen?

Die Zeit, die er verstreichen ließ, arbeitete für ihn und die Ereignisse konnten ein wenig verblassen.

Georgs Geburtstag rückte in absehbare Nähe. Plötzlich hatte er die Idee, womit er seinen schlechten Auftritt vergessen machen konnte. Schon lange planten seine Freunde und er eine Segeltour, die nicht zustande kam.

Sie hatten schon einige Male eine Tour an der Adria gemeinsam unternommen und gemeistert, die ihnen allen bis jetzt eine schöne Zeit bereitete. Diesmal überlegte er, seine guten Freunde zu seinem nahenden Geburtstag zu einer Segeltour an der Adria einzuladen und mit ihnen eine schöne Zeit zu verbringen.

Er entschuldigte sich vor allem bei seinem Freund Hassan, aber auch bei allen anderen Freunden für sein Verhalten am Grillabend und sprach die Einladung für den kommenden September aus. So waren seine Freunde Hassan, Max und Uwe mit von der Partie.

Sie haben die Entschuldigung angenommen und konnten sich im September für die geplante Segeltour zwei Wochen freinehmen. Georg war erleichtert, dass er die Gelegenheit bekam, diese Geschichte aus der Welt zu schaffen.

24

Von dem Ort Izola in Slowenien haben sie ihre Segeltour begonnen. Sie führte sie über Piran, Novigrad und dann weiter nach Roving bis auf die Insel Cres in Kroatien. Die Wunder von Cres sind die vielen schönen Strände, die sich im Westen der Insel erstreckten.

Danach segelten sie in die Kvarner Bucht, fuhren weiter einen abgelegenen Hafen in Martinscica an und weitere kleinere Orte, in denen sie anlegten, die nicht von Bedeutung waren. Hier schauten sie sich die Orte, mit den wunderbaren Sehenswürdigkeiten an und genossen die Abende mit kulinarischen Höhepunkten.

Die lauen Abende, wenn sie wieder an Bord gekommen waren, vertrieben sie sich mit Spielen mit Wein oder Bier, Schnaps oder Julischka, bis sie weit nach Mitternacht ins Bett fielen, in einen traumlosen Schlaf.

An manchen wunderschönen Stränden, die ihnen unterwegs begegneten, ließen sie den Anker in Ufernähe sinken, um mit dem Beiboot ans Ufer zu rudern, und dort am Strand schöne Stunden im azurblauem Wasser mit Baden und Sonnen zu verbringen. Wunderschöne Strände, tiefblaues Wasser und leichte Brisen in der lauen, warmen Luft, was wollten sie mehr. Es war atemberaubend.

Die Küste hatte enorm viel zu bieten. Das Meer reichte bis zum Horizont, soweit das Auge reichte, darüber rot gefärbter Himmel mit der roten Sonne, die am Abend im Begriff

war unterzugehen. Wunderschön gefärbte Sonnenuntergänge, die hinter dem Horizont verschwanden. Was Schöneres und Romantischeres kann man sich nicht vorstellen.
Am Ende landeten sie in Izola über Piran und beendeten die Tour in Slowenien, wo sie begonnen wurde.

Aber so weit war es noch nicht.

Jeder von ihnen übernahm an Bord eine Aufgabe, und sie wechselten sich ab. Jeder musste auch mal Nachtwache schieben oder an Land gehen und Einkäufe erledigen. Sie bekochten sich auch zwischendurch selbst.
Nach einer Nachtwache war auch Georg am darauffolgenden Tag dran, für Wasser und Proviant zu sorgen.

Voller Tatendrang stürzte er sich in die Tätigkeit und ging an Land. Er kam mit einer ganzen Ladung Proviant zurück und verfrachtete es an Bord. Zum Schluss brachte er die Wasser- und die Bierkästen, an beiden Seiten seiner Arme beladen, an Bord.
Schon am frühen Morgen bemerkte er, dass er sich nachts, als er Wache hatte, an Deck unterkühlt hatte. Nun beim Schleppen der schweren Kästen, die er an Deck und in die Kajüte brachte, bemerkte er wieder ein schweres Ziehen in seinem Rücken. Der Schmerz zog sich weiter in den Oberschenkel und bis zu den Zehen.
Angst beschlich ihn, in Erinnerung an seine Schmerzen, die er noch vor Kurzem hatte.

Die Angst trieb ihm den Schweiß ins Gesicht.

Die Sonne stand schon tief am Horizont, als sie in die Bucht von Cres einfuhren, um dort anzulegen. Ein starker

Wind kam auf und deutete schon eine andere Wetterlage an. Der Himmel trübte sich auf der einen Seite mit schweren, dunklen Wolken. Sie verhießen nichts Gutes. Doch noch war alles ruhig.

Sie holten vorher schon das Vorsegel und das Großsegel ein, fuhren mit dem Motor in die Bucht zum Anlegesteg ein und legten an der freien Stelle an. Das Segelboot wurde am Bug und am Heck mit dem Tauwerk vorne und am hinteren Teil am Poller befestigt.

Nachdem sie das Boot befestigt haben, bereiteten sie sich für den Abendausgang vor. Sie gingen in den Stadtkern und suchten ein traditionelles Restaurant auf, wo sie mit gegrilltem Fisch und gutem Fleisch und Gemüse kulinarisch verwöhnt wurden. So verbrachten sie einen schönen Abend.

Sie waren gerade zu später Stunde vom Landausflug zurück an Bord und bereiteten sich in der Kajüte für die Nacht vor, als es plötzlich einen furchtbaren ‚Rums‘ gab, der das ganze Boot erschütterte, so dass sie aus dem Stand fast umkippten und überall in der engen Kajüten aneckten und aufschlugen.

Sie wussten sofort, oben an Deck hatte sich irgendetwas Schwerwiegendes ereignet.

Mit einem Satz sprang Georg, der schon im Schlafanzug war, von seiner oberen Koje in seine Schuhe und eilte an Deck. Auch die Anderen, halb angezogen und barfuß wie sie waren, kamen an Deck geeilt und sahen das Malheur, das geschehen war.

Ein Franzose, der auch die Bucht anfuhr und die danebenliegende leere Anlegestelle anfahren wollte, bekam das Anlegemanöver nicht ganz hin.

Er fuhr über das hintere Tauwerk der Mannschaft und kappte es. So hatte das Segelboot hinten am Heck absolut keinen Halt mehr.

Das Wetter hatte sich inzwischen stark verändert. Ein sturmartiger Wind fegte an Deck über sie hinweg, mit hohen Wellen, die sich immer wieder über das ganze Segelboot ergossen, immer höher und höher und der Regen, der ihnen ins Gesicht peitschte.

Sie waren vollkommen durchnässt.Das Boot wurde von Sturm, Wasser und den Wellen hin und her geschlagen. Es schlug zu beiden Seiten hin und her und zur Rechten gegen ein fremdes Segelboot, was sie verhindern wollten.

Georg und Max saßen auf der Reling und stemmten sich immer wieder mit den nackten Füßen seitwärts gegen das danebenliegende Boot, damit sowohl das Eigene als auch das Fremde nicht beschädigt wurde.

Es war kaum möglich, die Aufschläge gegen das fremde Segelboot ganz zu verhindern. Die Gewalt des Sturms war ungeheuer stark, wurde stärker und stärker. Sie konnten wenig ausrichten.

Die Wellen schlugen über das ganze Boot in die Höhe und sie waren alle vom peitschenden Regen, dem Meereswasser, das sich in hohen Wellen über das ganze Boot ergoss, völlig durchnässt. Der Sturm und die Nässe machten ihnen schwer zu schaffen. Sie hatten kaum etwas an.

So durchnässt froren sie ungeheuerlich, vor Kälte klapperten sie mit den Zähnen. Sie konnten nur wenig tun undmussten auf die eigenen nackten Füße aufpassen, damit sie nicht zwischen den Booten eingeklemmt wurden.

Uwe und Hassan, zwei kräftige, stämmige Burschen, bemühten sich beharrlich das Boot am Heck wieder mit dem Tauwerk neu zu befestigen. Doch das gelang ihnen nicht. Das Boot schlug zu kraftvoll hin und her, es war dem Sturm und der Kraft der Wellen restlos ausgeliefert. Ihre Mühe war völlig vergebens. Ihre Kraft reichte gegen die Macht des Sturms und des Wellengangs nicht mehr aus. Sie machten das Tauwerk des Segelbootes los.

Es trieb aus dem sicheren Hafen aufs Meer.

Der Sturm und das Meer tobten, warfen das Segelboot wie eine Nussschale hin und her, die hohen Wellen begruben es nahezu im Meer unter sich. Der Sturm wurde stärker, orkanartig fegte er über das Meer, peitschte die Wellen erneut in die Höhe, die sich über das Boot ergossen, sodass das Boot unter den hohen Wellen völlig verschwand, als wollten sie es auf den Grund des Meeres mitnehmen, in der Tiefe versenken, und das für immer. Die vier Männer an Bord hatten große Mühe sich zu schützen, festzuhalten, alle hatten genug damit zu tun, nicht vom Bord gespült zu werden, es kostete sie enorme Kraft und Anstrengung.

Es stürmte und stürmte, die Wellen peitschten gnadenlos und unaufhörlich auf das Boot zu, sodass sie sich in Sicherheit bringen mussten, sie fürchteten um ihr Leben. Wer es schaffte, der versuchte mit viel Anstrengung und Mühe unter Deck zu gelangen. Sie waren völlig durchnässt, an Deck war es glitschig, sie konnten sich nirgendwo sicher festhalten, sie hatten absolut keinen Halt. Wer jetzt von Bord gespült wurde, war für immer verloren, den fand niemand mehr. Jeder war erbarmungslos mit sich selbst beschäftigt, um den Sturm lebend zu überstehen.

Der Sturm erreichte schließlich seinen Höhepunkt.

Kaum ebbte die eine Welle ab, die sich haushoch aufgebaut hatte und über das Boot ergoss, kam auch schon die Nächste und danach wieder die Nächste und Nächste, der Sturm hörte nicht auf. Die Wellen rollten unaufhörlich in betörender Geschwindigkeit heran, bauten sich übermächtig vor dem Boot immer höher und höher auf, bis sie brachen und nahezu das Boot unter sich begruben. Bei jeder nächsten Welle konnte das Boot mitgenommen werden und unter ihr zerschellen. Es konnte einem Angst und Bange werden, die haushohen Wellen, die nicht aufhörten, sich vor dem Boot aufzustellen, und der Sturm, der absolut nicht nachlassen wollte. Er spielte förmlich mit dem Segelboot, warf es im Meer schaukelnd wie ein Spielzeug hin und her.

Der Himmel über ihnen war schwarz, die Hölle tat sich förmlich vor ihnen auf.

Sie glaubten, das war ihr Ende.

Der Sturm flaute genauso wieder ab, wie er begonnen hatte. Irgendwann ließ er bedächtig und zögernd nach, ebbte ganz allmählich ab, wurde schwächer und schwächer, ließ mit der Zeit schleppend mehr und mehr nach, bis nur noch einige starke Böen kamen, die das Boot hin und her schaukelten, bewegten, bis auch sie sich beruhigten, abflauten und es ganz ruhig wurde, gefolgt von beängstigender ‚Stille‘, als wäre nichts gewesen.

Sie fanden sich weit draußen auf dem Meer. Um das Segelboot erneut in einem Hafen befestigen zu können, waren sie am Ende gezwungen einen anderen Hafen anzusteuern, um dort in aller Ruhe anzulegen und es mit dem Tauwerk an dem Poller zu sichern.

Diese Nacht blieb mit hohem Wellengang sehr stürmisch, die sie nicht so schnell vergessen würden. Die Erinnerung daran würde noch lange wach bleiben.
Nicht alle an Bord waren bei dem hohen Wellengang seefest, um diesen Sturm unbeschadet zu überstehen. Max und Hassan wurde furchtbar schlecht, die Mägen drehten sich ihnen völlig um und sie mussten sich übergeben. Die Tabletten gegen die Übelkeit nahmen sie zu spät ein, so ließ die Wirkung auch eine Weile auf sich warten. Weit nach Mitternacht fuhren sie einen anderen Hafen an und vermochten das Boot dort nun doch noch zu befestigen.
Erst gegen Morgen waren sie erschöpft in einen tiefen Schlaf gesunken. Der Sturm draußen, der ihnen in dieser Nacht so zugesetzt hatte, hat sich nach und nach beruhigt.

Die Unterkühlung und die Anstrengung hat Georg, der schon unter Schmerzen litt, sehr schwer belastet. Sein empfindliches Kreuz konnte keine Kälte und Nässe, aber auch keine große Belastung ertragen. Alles war zu viel für seinen geschundenen Rücken. Starke Schmerzen stellten sich erneut ein. Er nahm Medikamente, die noch von der Vorbehandlung vorrätig waren.
Er spürte, der Schaden war nicht reparabel.

Max, der eher zurückhaltende Arzt mit sehnig durchtrainierter Gestalt und kurzem Igelschnitt betrachtete aus der Ferne seinen Freund. Er bemerkte während der Segeltour, dass es ihm nicht gut ging. Nach dem schweren Sturm wurde er immer stiller und ruhiger.

Hatte die Kälte in jener Nacht doch größere Auswirkung auf seinem angegriffenen gesundheitlichen Zustand hinterlassen?

Seine Haltung, sein Verhalten und sein Gang verrieten, dass sein Freund wieder unter höllischen Schmerzen litt. Max war sich sicher, dass Georg seine Schmerzen zu verbergen wollen schien, sogar vor seinem Freund und Arzt, dessen war er sich ziemlich sicher.

Nachdenklich zog er sich zurück und hielt es auch vor ihm verborgen. Es würde sich zeigen, ob er recht behielt.

Er war sehr besorgt.

25

Die Segeltour ging dem Ende zu und die Freunde waren wieder wohlbehalten zurück. Georg sagte während der Tour nichts über seinen Zustand, der sich in den letzten Tagen gravierend verschlechtert hatte.

Kaum waren sie zurück, suchte er Max in seiner Praxis auf.

„Was machst du denn schon wieder hier? Was ist los?"

„Leider habe ich wieder ungeheure Schmerzen. Ich habe mir bei unserer verhängnisvollen Nacht, als wir in Cres das Boot befestigen wollten, durch Unterkühlung und Überanstrengung was Neues weggeholt. Seit dem Abend habe ich wieder irrsinnige Schmerzen. Ich befürchte, es ist schlimmer als beim letzten Mal. Die Schmerzen sind unerträglich und in den Zehen habe ich ein Taubheitsgefühl.", beendete Georg.

Max untersuchte ihn eingehend.

„Spürst du das?", fragte er ihn und pikste mit einem sehr spitzen Gegenstand, der fast wie eine Nadel aussah, an seinem Fuß und in der Wadengegend herum.

„Nein.", meinte Georg. Max machte ein besorgtes Gesicht, gab aber keine Äußerung von sich.

Nachdem er die Untersuchung beendet hatte, meinte er:

„Ich denke, wir versuchen es zunächst mit konservativen Therapien wie Massage, Gymnastik und Elektrobehandlung. Das müsste dir in zwei bis drei Wochen eine Milderung bringen. Wenn innerhalb dieser Zeit die Behandlungen keine signifikante Befreiung der Beschwerden gebracht hat, überweise ich dich an einen Orthopäden.", entließ ihn Max damit zunächst aus seiner Praxis.

Die Behandlungen, die angeordnet wurden, brachten Georg nur noch eine Verschlimmerung seiner Erkrankung. Georg wusste nicht mehr, wie er diese Schmerzen noch ertragen sollte. Schon nach den ersten Behandlungen suchte er Max in seiner Praxis auf.

„Die Schmerzen haben sich verschlimmert. Mir geht es sehr schlecht."

Max dachte kurz nach und überlegte:

„Das sieht nicht gut aus, wenn ich ehrlich bin. Also, ich könnte eine Röntgenaufnahme machen, die aber belastend ist und nicht genug Aufschluss über die Hals- und die Lendenwirbelsäule geben würde. Das wichtigste Untersuchungsverfahren in diesem Fall ist jedoch die Kernspintomographie, die Aufschluss über den Bandscheibenvorfall und die betroffenen Nerven geben kann.

Ich überweise dich zu einem Orthopäden, dann wissen wir ganz genau, womit wir es zu tun haben. Der wird die wichtigen Untersuchungen veranlassen. Du kannst mir dann berichten. Ob du an einer Operation vorbeikommst, wird sich dann zeigen.", schloss er sein Gespräch und entließ ihn aus seinem Behandlungszimmer.

„Ich wünsche dir viel Glück."

Er nannte ihm einen Spezialisten auf diesem Gebiet und gab ihm eine Telefonnummer.

Georg musste ein paar Wochen bis zu seinen Termin warten, weil die Ärzte hoffnungslos überlastet waren. Bis dahin nahm er Medikamente, die Max ihm verschrieben hatte, um die Schmerzen ertragen zu können, die jedoch immer weniger halfen.

Am Arbeitsplatz hatte er große Probleme, sich auf seine Arbeit zu konzentrieren und die Stunden des Tages zu überstehen. Doch hatte er in diesem Fall wenigstens eine Ablenkung. Zu Hause hätte er nicht aushalten können. Die Schmerzen waren trotz der Medikamente nicht restlos gelindert. Ein monotoner, dauernder Schmerz, der nicht abzustellen war, plagte ihn unablässig. Wenn er nach Hause kam, zog er sich völlig gemartert in sein Arbeitszimmer zurück.

Oft legte er sich hin, um auszuruhen. Nur die ersehnte Ruhe und Befreiung von den Schmerzen, die ihm immer mehr Qualen bereiteten, konnte Georg nicht finden. Mit der Zeit war er der Verzweiflung nah.

26

Georg hatte Schmerzen, unerträgliche Schmerzen. Es begann ganz langsam, damals, zunächst hier und da ein leicht ziehender Schmerz, rechts seitlich. Dann wurde er stärker und strahlte weiter aus von der Wirbelsäule im Rücken ausgehend, in den Bereich des Beckens in der Höhe der Hüfte und zog sich irgendwann über den ganzen Rücken, das Becken, am rechten Bein entlang zum Oberschenkel und weiter, ganz hinunter bis zu den Zehenspitzen. Zu Anfang ließ sich der Schmerz noch ertragen und aushalten, doch mit der Zeit wurde er stärker, intensiver, anhaltender, monotoner, andauernder - der Schmerz hörte nicht mehr auf.

Es war ein quälender, tiefer, bohrender Schmerz, der ihn bis aufs Blut quälte, ihn peinigte. Er wollte und wollte einfach nicht nachlassen und von ihm lassen, so dass er bereit gewesen wäre, seinem Leben ein Ende zu setzen. Er war voller Verzweiflung, ein menschliches Wrack, das weder imstande war diesen Schmerz länger zu ertragen, noch seinem Leben tatsächlich ein Ende zu bereiten.
Schmerzmittel konnten nur vorübergehend Erleichterung schaffen. Doch sie waren so stark, dass er zugedröhnt war, im Rausch und Nebel, gezwungenermaßen, einfach außer Gefecht gesetzt.
Den Tränen nahe, wimmernd, wie ein kleines Kind, ein Häufchen Elend, von Schmerz gepeinigt, kaum noch ein

menschliches Wesen, lag er da, zusammengekrümmt wie ein Embryo im Schmerz, im eigenen Schweiß gebadet und nicht mehr imstande, sich selbst zu helfen. Wie unter Folter war er dem Schmerz völlig ausgeliefert.

Soviel Leid unter Gottes Augen!

Der Schmerz, der ihn beinahe zum Wahnsinn trieb, wollte nicht aufhören, er wollte nicht aufhören, er wollte einfach nicht aufhören.

Den Termin beim Spezialisten Dr. Breitbart konnte er endlich wahrnehmen. Wie sehr er diesen Termin herbeisehnte. Wann endlich wird das aufhören? Nur unter großen Qualen konnte er diese schwere Zeit überstehen.

Er erzählte dem Arzt, wo seine Schmerzen genau verliefen und auch ausführlich über sein Taubheitsgefühl in den Zehen. Der Orthopäde untersuchte ihn eingehend. Dann wurde eine Magnetresonanztomographie, ein MRT, wie man sie auch nennt, veranlasst.

„Wenn wir diese Untersuchungsergebnisse haben, wissen wir ganz genau, was bei Ihnen vorliegt und wie wir weiter vorzugehen haben.", und gab ihm den Untersuchungstermin.

Auch bis zu diesem Termin gab es eine lange Wartezeit. Geduldig wartete Georg, versuchte bestmöglich die Zeit zu überstehen.

Er war mutlos, vor Schmerz gepeinigt und hoffnungslos verzweifelt.

Georg

Ich bin voller Schmerz, die Medikamente betäuben mich gänzlich, beseitigen aber den Schmerz nicht vollständig. Ein beharrlich monoton andauernder Schmerz peinigt mich unerlässlich. Mit der Zeit macht sich Niedergeschlagenheit breit, bin nur noch lustlos, die Antriebslosigkeit macht mich mürbe. Morgens komme ich kaum noch aus den Federn, ich werde zunehmend depressiv, habe das Gefühl immer tiefer zu versinken, der Tiefe niemals mehr entkommen zu können.

Ich weiß mir nicht zu helfen, diese Zeit muss ich irgendwie, so oder so, bis zu dem Zeitpunkt des kommenden Termins beim Orthopäden überstehen. Es geht mir unglaublich schlecht, in jeder nur denkbaren Beziehung. Ich möchte die Decke über meinen Kopf stülpen und niemals mehr hervorkommen.

Georg suchte noch einmal Max in seiner Praxis auf. Sein Freund empfing ihn sehr besorgt.

„Hast du schon einen Termin beim Orthopäden?", wollte er bedrückt von ihm wissen.

„Den Termin habe ich schon, aber auch hier haben sie lange Wartezeiten, ich muss mich in Geduld fassen und warten. Ich bin morgens so müde und abgeschlagen, dass ich kaum aus dem Bett komme. Ich schwanke oft zwischen verschiedenen emotionalen Polen, einer extremen Niedergeschlagenheit und Antriebslosigkeit einerseits und auffälliger Euphorie andererseits. Es plagen mich ungeheure Gemütsschwankungen. Ich krieche und quäle mich den ganzen Tag, kann kaum den Tag überstehen."

„Georg, du solltest bedenken, dass du sehr starke Medikamente einnimmst Die verändern und wirken auf deinen Körper auch ermüdend. Wenn es aber so viel schlechter sein sollte, dann sollte sich das mal ein Psychologe anhören. Die Symptome geben tatsächlich Anlass zur Sorge. Da gibt es einen fähigen Kollegen, zu dem du gehen könntest. Ich gebe dir die Telefonnummer."

Max verabschiedete ihn ganz besorgt und wünschte ihm baldige Besserung.

27

Elsa war ungeheuerlich betroffen, dass Georg diese Schmerzen von der Segeltour mitgebracht hat. Die ganzen Wochen bekam sie sein Elend mit, wie hilflos er dem Schmerz ausgeliefert war, wie schlecht er schlief und dass er viele starke Schmerzmittel zu sich nahm. Sie machte sich größte Sorgen, wie konnte sie ihm nur helfen?

Es gab nichts Schlimmeres, als hilflos zusehen zu müssen, wie sehr der Partner leidet. Genau in dieser Situation verharrte sie hilflos. Die ganze Familie litt darunter. Kein noch so liebes oder tröstendes Wort konnte Georg Trost und Erleichterung bringen. Sie versuchte alles von ihm fernzuhalten, und erledigte still und leise alles selbst. Die beiden Jungen bat sie, sich möglichst ruhig zu Georg zu verhalten, weil der Vater unter seinem Zustand litt. Die Jungen bemühten sich Rücksicht auf Georg zu nehmen, so gut es ging. Sich vollkommen in die Situation des Vaters hineinzuversetzen, war auch für die beiden Jungen schwer.

Dann kam endlich die Untersuchung. Elsa war erleichtert, dass die lange Zeit des Wartens endlich vorüber war und die Untersuchung, das hoffte sie, ihnen allen Klarheit bringen würde.

Nachdem die Untersuchung durch den MRT beendet war, mussten sie noch die Auswertung der Schichtaufnahmen abwarten. Dann kam endlich der Tag, der die entscheidende Klarheit für alle Beteiligten bringen würde. Sie wollten alle wissen, wie es weitergehen würde.

Georg saß Dr. Breitbart gegenüber und wartete auf die Untersuchungsergebnisse.

„Das MRT gibt uns genauen Aufschluss und Information über ihren momentanen Zustand. Wir haben an Hand der MRT - Aufnahmen bezüglich der Größe, Ausdehnung und Form des Bandscheibenvorfalls genaue Information über die betroffenen Nerven bekommen. Durch die Bilder des MRT gibt es verlässlich eine Aussage über den Schweregrad des Vorfalls. Bei Ihnen ist die dritte Bandscheibe stark betroffen. Wir kommen an einer Operation hier nicht vorbei. Bei der heutigen Vorgehensweise muss die geschädigte Bandscheibe bei Ihnen herausgenommen und durch eine künstliche ersetzt werden.

Ich schlage vor, wir setzen schon einen Operationstermin fest, wenn Sie einverstanden sind. Der Montag in einer Woche wäre der nächstmögliche freie Termin, den ich Ihnen anbieten kann."

„Ich bin einverstanden." Unglücklich und von Schmerzen gepeinigt konnte er mehr nicht äußern. Georg konnte nur dem Orthopäden Vertrauen schenken, von dem er einen guten Eindruck hatte. Von dem schweren Schmerz wollte er unter allen Umständen befreit werden. Der Schmerz musste aufhören, für immer aufhören und endlich die ersehnte Erlösung bringen.

Elsa hat den kurzen Bericht von Georg über das Untersuchungsergebnis mit Erschrecken und Bedauern, aber auch mit einer gewissen Erleichterung aufgenommen. Dann würde die Zeit des Leidens für ihn endlich vorüber sein und die Familie würde wieder ein normales Leben führen können. Nach dem Bericht zog sich Georg wieder in sein Zimmer zurück. Er wollte allein sein.

Elsa wusste, eine Operation ist nie eine leichte Angelegenheit. Aber in diesem Fall unumgänglich, das sah sie ein. Sie hoffte, es würde Georg den gewünschten Erfolg bringen und ihn von seinen Schmerzen befreien. In den nächsten Tagen mussten sie das große Bangen überstehen. Alle waren in diesen Tagen sehr angespannt, auch sie.
So eine Operation ist kein kleiner Spaziergang, sondern ein schwerer Eingriff, das war ihr bewusst. Mit solchen Operationen hatten die Mediziner heute viel Erfahrung, es wurde sehr schonend operiert und nur in ganz bestimmten Fällen, wenn es unumgänglich war. Trotz Allem birgt jeder Eingriff ein Risiko. Dessen war sie sich bewusst.

28

Georg wurde schon einige Tage vorab stationär aufgenommen, damit die Vorbereitungen für den OP-Tag getroffen werden konnten. Alle Untersuchungen, Blutabnahme, EKG etc. mussten pünktlich vorbereitet werden, damit die Operation stattfinden konnte.

Dr. Breitbart nahm sich die Zeit für ein Gespräch mit Georg, um ihn über den Verlauf der OP genaue Auskunft zu geben. Ein Narkosearzt führte ein Gespräch mit ihm und klärte ab, ob allergische Reaktionen gegen irgendwelche Stoffe bestehen. Das war wichtig, um einige Risiken auszuschließen.

Nachdem alles Notwendige durchgeführt und geklärt wurde, konnte die Operation stattfinden.

Am angesetzten Montag wurde Georg operiert. Endlose Stunden des Bangens musste Elsa überstehen. An diesem Tag ging sie ihn erst am Nachmittag besuchen, um nach ihm zu sehen. Er war schon aus der Narkose aufgewacht, es ging ihm anscheinend gut. Das erste, das sie von ihm vernahm erfüllte sie mit Freude:

„Ich habe keine Schmerzen mehr. Ich kann es noch gar nicht glauben! Ich bin so glücklich."

Tränen der Erleichterung rollten über seine Wangen.

Elsa war sprachlos und fühlte mit ihm. Tränen stiegen ihr in die Augen.

„Das ist seit langem das Schönste, das ich von dir vernommen habe. Dass mir ein so einfacher Satz jemals so viel bedeuten könnte, hätte ich nie für möglich gehalten." Sie sah ihn überglücklich an und küsste ihn.

„Das Elend ist vorbei, es ist vorbei!" Sie seufzte glücklich und erleichtert.

Die Genesungswoche im Krankenhaus ging schnell vorüber. Sie halten die Patienten nicht mehr lange im Krankenhaus fest.

Wieder zu Hause, wurde er für die nächste Zeit krangeschrieben. Einige Ratschläge bekam er mit auf den Weg, worauf er besonders achten sollte. Er musste sich noch sehr schonen. Nach drei Wochen musste er mit dem langsamen Gehen beginnen. Das Sitzen war vorerst strengsten untersagt. Ein monotones Sitzen musste einige Wochen ohnehin vermieden werden. Erst nach sechs Monaten kam er in die Reha.

Elsa umsorgte ihn, so gut sie konnte, wenn sie da war. Sie musste täglich ins Geschäft, sorgte aber dafür, dass ihre Mutter bei ihm war und ihn gut versorgte und verwöhnte.

29

Georg sprach nicht gerne über seine Eltern. Jetzt wäre die Zeit günstig, sich auch mit seinen Eltern vielleicht auszusöhnen oder ihnen etwas näherzukommen. Sie lebten in Hamburg, das auch nicht schnell zu erreichen war. Der Bruch kam damals, als sie heirateten. Sie waren mit der Wahl des Sohnes, was die Frau anbetraf, ganz und gar nicht einverstanden.

Sie gab sich viel Mühe mit seinen Eltern, aber wurde mit ihnen nie wirklich warm.

Der Vater war ein sehr sturer Beamte und die Mutter eine etwas ruhige Hausfrau, die nicht viel zu sagen hatte und sich ihrem Mann völlig unterordnete.

Der Kontakt ist damals abgebrochen, von beiden Seiten. Die Zeit wäre gut, um sich um den Sohn ein wenig zu kümmern, den sie so lange nicht gesehen hatten. Aber dazu musste sie Georg erst einmal dazu bringen, seine Eltern zu kontaktieren.

Eines Abends kam sie ermüdet nach Hause. Ihre Mutter hatte schon Essen vorbereitet. Wie gut, dass sie ihre Eltern hatte, die oft hilfreich zur Seite standen. Es erleichterte so Manches.

„Wir können gleich essen, das Abendbrot ist fertig." Sie saßen beim Abendbrot beisammen, als Elsa das Thema ansprach:

„Was hältst du davon, deinen Vater mal anzurufen. Wir wissen nicht einmal, wie es deinen Eltern geht. Es wäre doch schön, wenn sie einmal zu uns kommen würden. Vielleicht haben sie ihre Meinung ja geändert.", setzte Elsa hinzu.

„Kommt für mich gar nicht in Frage. Wenn sie sich für uns interessieren würden, dann würden sie bei uns anrufen und sich erkundigen, wie es uns geht. Sie interessieren sich nicht für mich. Für mich ist dieses Thema erledigt.", beendete Georg sehr entschieden die Debatte und damit war das Thema vom Tisch.

Georg sprach nie viel über sein Elternhaus.

Elsa wagte dazu nichts mehr zu sagen. Elsas Mutter Elvira bedauerte:

„Es ist schade, dass deine Eltern sich so gar nicht blicken lassen."

„So sind sie eben."

Damit war das Gespräch beendet.

Georg

Das Stichwort war gefallen. Seine Wahrnehmung ist plötzlich getrübt. Er bekommt Kopfschmerzen. Ganz unverhofft kommen Erinnerungsfetzen, wie Blitze tauchen sie auf, im Kopf stellen sich Bilder ein, Bilder, die er nicht zuordnen kann, mit denen er nichts anfangen kann, es sind wie Risse, Stücke, die müssen erst zusammengesetzt werden.

Jemand steht über dem Kind, dieser Jemand, ja, jetzt erkennt er ihn, ist sein Vater! Was tut er? Eine erhobene Hand, dann ein schwerer Hieb. Davon sieht er nur Bruchstücke, nacheinander. Ein schmächtiger kleiner Körper eines Jungen wird getroffen, der Schlag schleudert ihn zu Boden, er sieht ihn dort liegen, dann wird ihm klar, er sieht sich selbst dort liegen. Die Bilder fühlen sich an, als würde er geschlagen. So schnell, wie diese Bilder erschienen sind, so schnell sind sie vorüber.

Das erlebt er plötzlich öfter.

Die Monate bis zur Reha verstrichen sehr langsam. Georg hat sich das Kurbad in Aachen ausgesucht. Elsa brachte ihn dorthin. Dort wurde ihm empfohlen, sich einem Reha-Programm durch einen Spezialisten begleiten zu lassen, um den Rücken und die Muskulatur zu stärken, und möglichst beschwerdefrei zu bleiben. Der Wiederaufbau und die Kräftigung der Muskulatur und der Rückenpartie sind nach einer Operation dringend notwendig.

In der Reha bekam er Rückentraining, Krankengymnastik, Entspannungstherapie, Alltagsschulung, Wassertherapie, Elektrotherapie usw. Beim Schwimmen war Brustschwimmen nicht erlaubt.

Diese vielen Anwendungen waren über den ganzen Tag verteilt, manchmal bis zu fünf Therapien an einem Tag. Um dieses Pensum und die Termine alle pünktlich einhalten zu können, musste er sich schon ordentlich anstrengen, aber auch mächtig unter Stress geraten. Es konnten aber auch nur zwei werden.

Nach so einem Tagesablauf fiel Georg abends erschöpft und todmüde ins Bett. Die Anwendungen strengten sehr an und forderten seine ganze Kraft.

30

Während der Woche musste Elsa in ihrem Geschäft sein. Sie telefonierte am Abend mit Georg und erkundigte sich, wie die Anwendungen liefen und wie es ihm danach ging. Am Wochenende hatte sie eigentlich vor, ihn zu besuchen. Die Eltern, die zurzeit bei ihr im Haus wohnten, unternahmen auch mit den beiden Jungen Einiges. Sie wollten mit den beiden ins Kino. Es lief der Film „Krieg der Sterne". Damit konnten die Beiden immer begeistert werden.

„Meine Eltern gehen mit den Jungs ins Kino. Sie sind beschäftigt. Ich könnte dich am Sonntag besuchen."

„Ruh dich lieber aus, du hast doch auch eine schwere Woche hinter dir und nur das Wochenende zum Ausruhen. Danach musst du wieder arbeiten. Die ganze Fahrerei ist viel zu anstrengend. Du bist fast nur auf der Straße, dann verweilst du kurz hier und fährst wieder zurück. Es lohnt nicht, hierher zu kommen. Meinst du nicht?", riet er ihr ab.

„Nun gut, dann vielleicht das nächste Wochenende. Wahrscheinlich hast du recht.", meinte sie und sie beendeten bald das Gespräch.

Georg hatte hier in der Reha kaum Zeit für irgendetwas. Er wurde mit vielen Anwendungen sehr ausgefüllt. Am Wochenende gab es keine Anwendungen. Er ruhte sich aus oder machte dort in der Umgebung lange Spaziergänge. Viel Laufen wurde empfohlen.

Georg

Seit er in der Reha ist, hat er seltsame Träume. Mitten in der Nacht wacht er aus einem furchtbaren Alptraum auf.

Georg, noch ein kleiner Junge, er läuft und läuft um sein Leben. Jemand verfolgte ihn, er läuft vor diesem Jemand davon. Dann sieht er sich als kleiner Junge im Schrank, versteckt, wagt kaum zu atmen, ist voller Angst und Panik, der Verfolger könnte seinen Atem hören, ihn dort entdecken. Er steht schon im Zimmer, sieht sich im Zimmer um, sucht ihn, steht direkt vor dem Schrank, der ihm als Versteck dient, er kann durch die vergitterte Tür des Schrankes seinen Verfolger sehen, der ihm jetzt so nah ist, dass es ihm den Hals zuschnürt, ihm das Herz bis zum Hals klopfen lässt, als müsste es zerspringen, die Panik, der Verfolger könnte ihn doch noch entdecken.

Voller Furcht wacht er aus solch einem Traum auf, weiß nicht, wo er ist, was das alles bedeuten soll.

Dieser Traum wiederholt sich oft in der letzten Zeit.

Es macht ihm Angst.

Vieles ging ihm während der Zeit in der Reha durch den Kopf und beschäftigte ihn. Er dachte über die Zeit nach, die er vor der Operation mit den Schmerzen erlebt hatte. Er war ungeheuer dankbar, dass die Zeit der Leiden vorbei war.

Er sah es fast als ein Wunder an, dass ihm das Leben neu geschenkt wurde, als hätte es diese schwere Episode für ihn nie gegeben. Aber sie existierte und die Schmerzen haben ganz tief in ihm etwas ausgelöst und hinterlassen. Etwas, das sich wie eine tiefe Furcht anfühlte, vermischt mit Existenzangst, so dass er wie ein getriebenes und gehetztes Tier nach etwas suchte und nicht wusste wonach.

Ihm war bewusst geworden, wie schnell sich alles verändern und vorbei sein konnte. Er erkannte, wie wertvoll es war, ohne Beschwerden zu sein, etwas, das jeder andere für selbstverständlich hielt. Georg ist in der Mitte seines Lebens angekommen, die Verlustängste und Panik auslöste, einiges veränderte.

Wie kostbar ihm plötzlich das Leben erschien!

Er wollte alles nur noch voll auskosten, genießen, jede Minute, jede Sekunde. Die Verlustangst löste in ihm Hunger und Durst aus. Es dürstete ihn nach Leben, nach Vergnügen in vollen Zügen. Er wollte an seinem Leben mit beiden Händen festhalten und es niemals wieder verlieren. Würde ihm das gelingen?

Er brauchte Zeit, Zeit für sich, um seine innere Mitte zu finden! Er musste seine Gefühle ordnen.

Plötzlich wusste er nicht mehr, was er überhaupt noch wollte. Er verfiel einer völligen Verwirrung seiner Gefühle. Aus diesem Chaos musste er erst herausfinden. Er brauchte Ruhe, er musste allein sein, um alles zu ordnen. Eine Frage stellte sich immer dringender:

, War das alles, was das Leben zu bieten hatte?‘

31

Elsa und Georg telefonierten oft miteinander. Elsa berichtete, wie es den Kindern ging und was sie so taten. Natürlich vermissten ihn die Jungen. Wenn sie ihn besuchen wollte, blockte er ab. Er brauche Ruhe, war seine Begründung. Sie ließ ihm seinen Freiraum. Den brauchte man so manches Mal. Das wusste auch Elsa von sich selbst.

Und trotz allem, es versetzte ihr einen Stich. Sie liebte ihn. Es enttäuschte sie, dass er seine Gedanken, seine Gefühle und seinen Gemützustand nicht offenlegte und mit ihr teilte. Gab es vielleicht doch noch einen anderen Grund, dass sie ihn nicht besuchen sollte? Ach Unsinn! Dieser Gedanke war absonderlich.

Wie konnte sie nur jemals so denken?
Abrupt verwarf sie diese Hirngespinste wieder ganz schnell. Und doch, in ihrer Magengegend hatte sie ein ganz mulmiges Gefühl dabei. Dagegen konnte sie sich nicht wehren. Sie brachte ihre Gedankengänge schnell auf etwas Anderes. Das war sicher besser so. Darüber wollte sie nicht mehr nachdenken.

Es brachte ihr Innenleben völlig durcheinander.

Am Sonntagmorgen, nachdem alle zu Ende gefrühstückt hatten, packten die Jungs und ihr Vater Hermann die Badehosen ein und fuhren ins Schwimmbad. Elvira und Elsa räumten die Küche auf.

Sie hatten etwas Zeit zum plaudern.

„Warum fährst du nicht zu Georg und besuchst ihn? Das würde euch beiden gut tun."

„Ja, eigentlich hatte ich es vor. Ich wäre gern gefahren. Georg meinte aber, die Fahrerei würde mich zu sehr anstrengen und ich wäre fast nur auf der Straße. Ich sollte mich stattdessen lieber zu Hause ausruhen. Davon hätte ich mehr."

„Fahre einfach hin und überrasche ihn, du wirst sehen, er wird sich sehr freuen. Ihr habt beide eine schwere Zeit hinter euch. Er durch seine Krankheit und die Schmerzen, die er endlich hinter sich hat. Und auch du, die langen Zeiträume der Rücksicht, der Entbehrungen, des Verzichts und des Wartens bis zur Operation, bis zu dem Moment, als für ihn endlich Besserung eingetreten war.
Ihr hattet beide einen schweren Zeitabschnitt zu überstehen. Es war für jeden von Euch nicht einfach. Ihr habt es verdient, diesen Moment jetzt gemeinsam zu genießen. Der gehört euch beiden.", meinte Elvira voller Überzeugung.

„Ich weiß nicht, ob ich das wirklich tun sollte?" Elsa zögerte.

„Machst du dir Gedanken, dass vielleicht noch etwas anderes im Spiel sein könnte? Mir würde das schon ein wenig seltsam vorkommen, wenn Hermann mich nach so langer Zeit nicht sehen wollte. Ich würde mir Sorgen machen. Du nicht?", hackte Elvira nochmal nach.
Elsa dachte nach. Könnte ihre Mutter wirklich Recht behalten mit dem, was sie sagte? Wenn sie ehrlich war, ein beunruhigendes Gefühl beschlich auch sie, das musste sie zugeben. Kurz entschlossen stand ihr Entschluss fest.

„Du hast Recht! Ich fahre! Ich gehe mich nur noch umziehen und fahre zu ihm. Er wird überrascht sein." Gesagt,
getan.
Eine halbe Stunde später war sie auf dem Weg zu ihm.

32

Sie war wie ausgewechselt. Nach dem sie sich umgezogen hatte, kam sie fast mädchenhaft hüpfend die Treppe heruntergelaufen. Spritzig und voller Elan übersprang sie die letzten Stufen.

„Langsam, langsam, nicht so stürmisch. Wie schnell könntest du stolpern und stürzen. Du hast ja Zeit, mach alles gemächlich. Fahr nur vorsichtig.", ermahnte sie Elvira. Vor Freude hätte sie die ganze Welt umarmen können. Der Gedanke allein, dass sie ihn in fast zwei Stunden wiedersehen würde, gab ihr einen ganz neuen Impuls.

Ein kurzes „Bis heute Abend!", gab sie von sich.

Sie winkte der überraschten Elvira von der Haustür aus noch ganz kurz zu und schon war sie aus der Tür, setzte sich in ihren Wagen und fuhr los. Elvira konnte nicht glauben, dass ihre Tochter so impulsiv reagierte. Sie konnte ihr nichts mehr mit auf den Weg geben. Sie schaute aus dem Fenster, kaum saß Elsa im Wagen, fuhr sie auch schon an und verschwand aus ihrem Blickfeld.

Georg

Immer wieder erlebt Georg in der Reha enorme Schlafstörungen, grundlos starkes Schwitzen, Verschlechterung des allgemeinen Wohlbefindens, auch vermehrte Nervosität. Woher kam das alles nur? Er hatte keine plausible Erklärung dafür.

Innere Anspannung, innere Unruhe, Ängstlichkeit, ja sogar unerklärliche Panik, die ihn von Zeit zu Zeit befiehl. Das Gefühl, den Höhepunkt seines Lebens überschritten zu haben, entmutigte ihn, zu erkennen und zu fühlen, den Totpunkt erreicht zu haben, je nachdem, wie stark die Krise gerade mal aufgetreten war. Dann die Erkenntnis, dass das Leben zur Hälfte vorbei war, traf ihn, wie ein Keulenschlag in die Magengrube.

Es stellte sich immer wieder die Frage, ob er im Leben alles erreicht, die richtigen Ziele verfolgt hatte. Dann traten Zweifel und Sorgen auf. Wie sollte er das Leben weiter verfolgen? Die innere Zufriedenheit ging verloren. Er war nicht zufrieden mit dem Erreichten. Er fühlte sich als Verlierer.

Und wieder die Frage, die sich mal wieder stellte:

, *Mehr hatte es nicht zu bieten, war das alles ?* '

Panik und Angst waren seine ständigen Begleiter.

Die Erkenntnis ließ ihn tief abstürzen.

Aber auch etwas ganz Anderes als die typischen Burn-Out-Symptome breitete sich in ihm aus und verschaffte ihm ein ungutes Gefühl. Etwas, das nicht fassbar war, das er selbst noch nicht verstand, dass für ihn noch nicht ganz evident war.

Diese unkoordinierten Erinnerungsstücke, Blitze, Splitter, Stücke oder was auch immer es war. Vielleicht waren es auch Träume, die ihn verfolgten und er hatte nur Bruchstücke davon. Er hatte seltsame Erinnerungen. Manchmal fehlten ihm die letzten zwei Stunden, er wusste nicht, was er in dieser Zeit getan hat. Manchmal fehlte ihm auch ein ganzer Tag oder auch mal zwei. Es fehlte ihm Zeit.

Oder es passierte, dass er nach Hause kam und unerwartet dort Einkäufe auf dem Küchentisch lagen, von denen er wusste, dass er sie nicht getätigt hatte. Eines Tages hat er alles, was vor ihm auf dem Tisch lag, wieder eingepackt und in den Supermarkt zurückgebracht.

Das war dann natürlich nicht möglich. Denn die Verkäuferin wusste ganz genau: „Sie waren doch gerade vorhin erst hier."

Nur, wenn er überzeugt war, nicht selbst eingekauft zu haben, wer war es dann? Manchmal glaubte er, er wäre verrückt, oder er müsste es werden.

Hatte er vielleicht eine Amnesie?

Wieso, wodurch?

33

Nun musste sich Elsa zusammenreißen und ihre Vernunft walten lassen, damit sie mit Besonnenheit und Bedacht ihren Wagen in Richtung Autobahn lenkte und gemächlich in Zielrichtung Aachen fuhr, wo sie Georg anzutreffen beabsichtigte. Ihre Vorfreude wollte nicht nachlassen. Sie zwang sich ein wenig herunterzukommen, denn die Autobahn war an diesem Sonntag mit viel Verkehr ziemlich dicht.

Wo wollten denn diese Leute alle hin und ausgerechnet heute? Bis Köln war auf der Straße dichter Betrieb. Dann wechselte sie die Autobahn in Richtung Aachen auf die A 4, wo die Autobahn nicht ganz so viel Verkehr aufwies. Aber auch hier wurde es auf der Straße nun langsam voller. Sie legte eine CD in den CD-Player und hörte sich ihre Lieblings-CD „Spirit" von Leona Lewis an. Einige Songs liebte sie ganz besonders.

Das war seit langem *d i e   b e s t e   I d e e* , die ihre Mutter hatte, dachte sie und sang die Lieder mit, die das Radio wiedergab.

Draußen war wunderschönes Wetter, über ihr ein blauer Himmel und ihr Wohlbefinden und ihre Euphorie waren *kaum zu bremsen*. So verstrich die Zeit. Die Landschaft ergoss sich zur Rechten und zur Linken, war sehr flach, bewaldet oder nur mit Sträuchern und Büschen bewachsen, phasenweise auch mal ganze Weinlandschaften, die sich mal rechts oder auch links entlang der Autobahn erstreckten und seitlich an ihr vorbeiflogen. Ihre gute Laune war einfach überwältigend.

Sie näherte sich in Windeseile der Reha–Klinik, nach nur einigen Minuten war sie angekommen. Sie parkte den Wagen auf dem Parkplatz und betrat das Gebäude. An der Information fragte sie nach ihrem Mann, inzwischen war es Mittag geworden.

„Wo finde ich Herrn Hartmann, ich würde ihn gern besuchen."

„Unsere Patienten sind zurzeit im Speisesaal. Moment, ich sehe mal nach, ach ja, er hat die Zimmernummer 48. Sie können aber hier in der Vorhalle Platz nehmen und warten, bis die Patienten mit dem Essen fertig sind und den Speisesaal wieder verlassen haben. Er muss auf jeden Fall hier durch, Sie können ihn nicht verfehlen."

„Danke für ihre Information, ich werde warten."

Sie wanderte in die Richtung der Sesselgruppe in der Vorhalle und nahm dort Platz. Sie holte das Buch aus ihrer Tasche um darin zu lesen und sich die Zeit sinnvoll zu vertreiben.

Während des Lesens blickte sie immer mal wieder auf, um zu sehen, nachdem die ersten aus dem Speisesaal kamen und die Halle überquerten, um in ihre Zimmer zu gelangen. Voller Erwartung blickte sie in die Richtung des Speisesaalausgangs, um Georg zu entdecken. Sie war sehr aufgewühlt. Endlich sah sie ihn.

Er war in ein Gespräch mit einer Frau vertieft - anscheinend hier auch Patientin. Er rechnete ja nicht mit ihr. Dann sah er irgendwann nach vorne und ihre Blicke begegneten sich. Er schien verdutzt. Sie glaubte, ihn erstarren zu sehen, seine Augen weiteten sich und er wurde immer blasser. Er sprach noch ein paar Worte zu seiner Nachbarin und kam dann auf Elsa zu.

„Was machst du denn hier? Wie kannst du nur so eine lange Fahrt auf dich nehmen, heute, an einem Sonntag?" Unsicherheit klang in seinen Worten.

„Ich dachte, du freust dich, wenn ich dich überrasche. Wir haben uns so lange nicht gesehen. Außerdem, so weit ist es ja gar nicht, die Strecke war gut zu fahren. "

„Dann lass uns in die Cafeteria gehen und dort etwas trinken."

Sein Vorschlag hatte sie erstaunt. Eigentlich hatte sie erwartet, er würde ihr zunächst sein Zimmer zeigen. Bei der Gelegenheit hätte sie sein kleines Reich hier in der Reha, die Ausstattung und den Blick aus seinem Zimmer sehen können. Ganz verwundert folgte sie seinem Gedanken.

Nun saßen sie sich also in der Cafeteria gegenüber, er musterte ihr Gesicht. Auch sie taktierte ihn und erforschte seine Gemütslage.

„Wie geht es dir inzwischen, wie bekommen dir die Physiotherapien und die vielen Anwendungen, die du hier bekommst?"

„Die Anwendungen bekommen mir alle sehr gut, auch das Krafttraining, das mir zugeteilt wurde. Zu Anfang war es allerdings sehr schwer, aber nun habe ich langsam etwas mehr an Kraft gewonnen und schon etwas Muskulatur wieder aufgebaut."

„Dass es dir guttut und dir die Anwendungen gut bekommen, kann man förmlich sehen. Gut siehst du aus. Ich freu mich für dich.", bemerkte Elsa.

„Es sind täglich ganz schön viele Anwendungen und verschiedene Termine, die man hier bekommt. Alle Termine müssen eingehalten werden, weil sie sonst nicht neu vergeben werden. Der Tag ist ziemlich verplant. Ich hetze von einem Termin zum nächsten und bin am Ende des Tages wirklich geschafft."

„Das hört sich ja sehr stressig an.", erwiderte Elsa.

„Aber, ich hätte nicht gedacht, dass es so viel bringt. Ich bin sehr zufrieden. Inzwischen spüre ich auch langsam den Erfolg. Ja, es wurde uns nahegelegt, zu Hause mit den Anwendungen fortzufahren. Es macht wahrscheinlich Sinn, damit die Rückenmuskulatur gestärkt bleibt."

„Meine Eltern lassen dich auch grüßen und hoffen, dass du bald ganz hergestellt sein wirst. Und die Jungs lassen dich natürlich grüßen. Sie haben große Sehnsucht nach dir. Sie können kaum abwarten, dass du wieder nach Hause kommst." Es entstand eine Pause, dann fuhr sie fort.

„Dennis kam letzte Tage von der Schule nicht pünktlich nach Hause und macht mir auch in der Schule ein wenig Sorgen. Ich bin schon recht froh, dass meine Eltern zurzeit da sind und für die Kinder zur Verfügung stehen. Im Geschäft habe ich eine neue Aushilfe, um etwas mehr Zeit für die Jungs zu haben. Mache dann etwas früher Schluss. So klappt es jetzt besser.

Es hat sich Einiges zu Hause ereignet. Heute haben Hermann und die Jungen Badesachen eingepackt und sind ins Schwimmbad gegangen, damit sie etwas Ablenkung haben. Den Jungs geht es aber gut. Doch: du fehlst ihnen und auch mir. Wir können alle nicht abwarten, bis du nach Hause kommst."

Dann saßen sie sich eine Weile schweigsam gegenüber, jeder vertiefte sich in seine eigenen Gedanken. Ein unbehagliches Schweigen breitete sich aus. Sie tranken langsam den Cappuccino aus. Er wurde etwas unruhig, etwas schien ihm nicht zu passen oder Sorge zu machen, doch sie konnte nicht sagen, was es war. Und fragen wollte sie auch nicht.

„Wollen wir noch ein wenig spazieren gehen, das Wetter ist heute so einladend, der Himmel fast wolkenlos und der Park eignet sich sehr gut dafür."

„Einen kurzen Abschnitt können wir gehen, aber dann möchte ich zurück, um mich nach dem Mittag ein wenig auszuruhen. Ich habe noch nicht ganz meine gesundheitliche Stabilität zurückerlangt. Und du hast ja noch eine weite Strecke vor dir, bis du wieder zu Hause bist.

Und am Sonntagnachmittag sind immer viele auf der Autobahn, vor allem weil heute auch einige Fußballspiele stattfinden. Ich möchte später auch ein wenig Fußball sehen. Es interessiert mich, wie die Spiele ausgehen werden."

Entsetzt starrte sie ihn an. Sie konnte nicht glauben, was sie von ihm hörte. Beide waren nach draußen gelangt. Ihre Beine fingen an zu zittern, die sengende Sonne, die schwüle Luft, die auf sie beide so intensiv herunterprallte, empfand sie plötzlich als unerträglich heiß, kaum auszuhalten. So sengend heiß prallte sie auf sie beide herab, sie glaubte zu verbrennen, war schweißbedeckt, die leichte Bluse, die sie am Morgen angezogen hatte, klebte vor Nässe an ihr. Es wurde ihr schwindelig, sie glaubte, ihre Beine würden jeden

Moment versagen und sie würde zusammenbrechen, ihre Sinne schwanden. Nur nicht zusammenklappen, dachte sie. Nicht jetzt, bitte nicht jetzt, nicht hier. Das wäre das Peinlichste.

, Er tat, als wäre nichts Nennenswertes passiert.'
, Für sie war soeben die heile Welt eingestürzt.'

Langsam bewegten sie sich in Richtung der ausladenden Bäume, standen gerade neben einer Bank. Elsa musste sich setzen, bevor ihre Beine nachgaben und versagten. Er hat ihr soeben einen ungeheuren Schlag in die Magenggrube versetzt, sie war ganz schwer erschüttert, dass er sie nicht sehen wollte, dass alles Andere wichtiger war, als sie, seine eigene Frau, die hier vor ihm stand, nun endlich bei ihm war. Sie hatte sich so sehr auf dieses Wiedersehen gefreut, das ihn nun nicht berührte, nicht interessierte.

Sie spürte Gleichgültigkeit, Desinteresse.

Elsa wusste um die schwere Zeit, die er hinter sich hatte. Natürlich hat sie all das nicht vergessen. Warum ließ er sie nicht teilhaben an dem, was ihn bewegte, was ihm durch den Kopf ging und was er empfand oder ihm Sorge bereitete? Am liebsten hätte sie ihm all das um die Ohren geschlagen, ob ihm vielleicht die Fußballspiele und alles Andere wichtiger seien als sie, seine Frau, die er angeblich liebte?

Zum Teufel, was glaubte er eigentlich?

Es gab keinen Zweifel, dass er viel hinter sich gelassen und durchlitten hatte. Niemand wusste es besser als sie, die all das unmittelbar aus nächster Nähe miterlebt und auch mitgelitten hat. Es hat sie nicht unberührt gelassen, all das

Leid. Das muss niemand glauben, auch er nicht. Auch für sie war es ein großes Unglück, ihm nicht helfen zu können, das war für sie das Schlimmste.

Ihr kamen Zweifel, ob es nur das war, dass er ausruhen wollte. Vielleicht ging es ihm ja tatsächlich noch nicht so gut wie es aussah, auch wenn sie das glauben mochte. Aber, steckte womöglich noch etwas ganz Anderes dahinter?

Doch glauben wollte und konnte sie es nicht.

Ihre Gedanken überschlugen sich. Sie wollte hier keinen Streit vom Zaun brechen. Das war nicht der richtige Moment. Nicht jetzt und nicht hier, es war seine Genesungszeit, die sollte er haben.

Das Ausmaß seiner gerade gesprochenen Worte wurde ihr blitzartig bewusst. Sie fröstelte plötzlich. Obwohl es heiß war und sie ohnehin schon von der schwülen, stehenden, vibrierenden Hitze an diesem heißen Sommertag ganz in Schweiß gebadet war, fror sie auf einmal.

Sie fasste unerwartet einen Entschluss. Sie war innerlich hochgradig verletzt und wurde augenblicklich sehr wütend. Wie von Furien gejagt stand Elsa abrupt wieder auf, drehte sich zu ihm um und zischte ihm fast flüsternd die Worte entgegen:

„Ich möchte dich auf keinen Fall beim Auftanken, Ausruhen und vor allem bei den ungeheuer wichtigen Fußballspielen stören, auf die du in keinem Fall verzichten solltest. Du könntest womöglich etwas ungeheuer Wichtiges verpassen."

Sie drehte sich auf dem Absatz um, machte sich in Windeseile davon, als wäre sie von Taranteln gestochen worden. Sie kam nicht dagegen an, sie musste das loswerden, sonst wäre sie daran erstickt.

Alle guten Vorsätze waren auf einmal verschwunden, wie weggeblasen. Entgeistert sah er sie an, dabei blieb ihm förmlich der Mund halboffenstehen. Verwundert und völlig überrumpelt sah er ihr hinterher, als sie im Laufschritt davoneilte.

Er brauchte einige Sekunden, konnte nicht sofort handeln. Wie angewurzelt blieb er dort stehen.

Sie entfernte sich unglaublich schnellen Schrittes. Als er begriffen hat, eilte er ihr hinterher. Doch, er konnte sie nicht mehr einholen. Er rief ihr noch hinterher:

„Grüße die Jungs…", aber sie hörte ihn nicht mehr. Die Distanz zwischen ihnen wurde zu groß.

Sie marschierte wütend in die Richtung ihres Wagens, der auf dem Parkplatz neben dem Kurhaus stand, stieg ein und fuhr ohne einen weiteren Blick davon.

Was sollte sie davon halten?

Sie ging, er atmete auf.

34

Sie war inzwischen auf dem Rückweg, dachte über die Entwicklung der gemeinsamen Beziehung nach. Sie waren sich so fremd, so fern. Kälte ging von ihm aus, sie spürte eisige Kälte. Was ist aus ihnen geworden? Wann hat sich das verändert? Das war nicht ihr Georg, den sie kannte, den sie liebte. Sie dachte an die Zeit zurück, als sie sich kennengelernt hatten.

Es war auf der Geburtstagsparty einer Freundin, die kannte sie noch aus der Schulzeit. Sie tanzte sehr ausgelassen und bewegte sich im Rhythmus der Musik, war ganz bei sich, achtete auf nichts anderes, elektrisiert wie in Ektase. Sie liebte den Rhythmus der Musik, in der sie alles vergessen konnte, dann war sie nur noch sie selbst.

Als die Musik endete, wollte sie etwas trinken, ging an ihren Platz zurück, setzte sich, um eine Pause einzulegen. Durch die Tanzenden hindurch entdeckte sie ein Gesicht, das ihren Blick magisch anzog, ihre Blicke trafen sich, sie war wie hypnotisiert, konnte ihren Blick nicht abwenden. Er stand auf, hielt ihren Blick fest, kam langsam auf sie zu, ging durch die Menge der Tanzenden.

Dann stand er vor ihr.

Sie tanzten miteinander, benommen wie unter Drogen, so unwirklich und überirdisch, wiegten ihre Körper im Rhythmus der Klänge, ohne ein Wort. Von da an waren sie unzertrennlich.

Es traf sie mit Gewissheit, das war er, sie wusste es von Anfang an, es würde ihr Ehemann werden.

Es war tatsächlich viel los auf der Straße, auch auf der Autobahn, sie musste sich auf den Verkehr konzentrieren. Sie griff ihre CD und schob sie in den CD-Player, hörte ihre Musik. Doch ganz bei ihrer Musik, die ihr so viel gab, wie auf der Hinfahrt, war sie jetzt nicht mehr.

Sie schaltete das Radio wieder ab, ging weiter ihren Gedankengängen nach.

Dann kamen ihre beiden Jungen nacheinander zur Welt. Es war eine schöne Zeit, die Kinder gemeinsam wachsen zu sehen, ihre Entwicklung, die jeden Tag etwas Neues brachte, zu beobachten, zu erleben. Schon nur zu sehen, wie stolz ein Kind sich fühlt, wenn es mit viel Mühe, Ausdauer und Energie mühsam den Stuhl erklimmt, als hätte es den höchsten Berg erklommen.

Was sicherlich vergleichbar ist.

Dabei ist es der Windel noch nicht einmal entwachsen.

Wie siegessicher und selbstbewusst ein Kind über das ganze Gesicht erstrahlt, weil es genau weiß, was ihm gerade gelungen ist. Diese Leistung ist enorm.

Das siegersicherere Gesicht eines kleinen Menschenkindes, wenn es geschafft hat, oben auf der Sitzfläche des Stuhles anzukommen. Dann das selbstbewusste Lachen, voller Stolz. Wie viel ein Kind einem geben kann, kann sich niemand vorstellen, der keine Kinder hat.

Sie sah noch, als die Jungen etwas älter wurden, wie Georg mit den Beiden auf dem Boden lag wie ein kleiner Junge und mit seinen Söhnen spielte, die das genossen, die Zeit mit ihrem Vater zu verbringen, so unbekümmert und unkompliziert. Das konnte ihnen niemand mehr nehmen, das blieb ihnen für alle Ewigkeit.

Dann kam die Zeit, als sie eingeschult wurden. Voller Stolz standen sie mit ihren Schultüten vor der Schule, neben dem Vater und gliederten sich an die anderen Kinder an, die auch dort warteten, dass sie von der zugeteilten Lehrerin oder dem Lehrer in Empfang genommen wurden. Es war aufregend, es war spannend, ein ganz neuer Lebensabschnitt hatte begonnen. Der Ernst des Lebens begann, wie man so schön sagte. Sie waren stolz darauf und sie fühlten sich ein Stück erwachsener. Sie waren groß, ja groß und größer.

Sie fühlten sich *sooo* unendlich *groß*.

35

Sie sah nach vorne. Sie bemerkte es nicht, dass sie schon auf der A 3 in Köln war und plötzlich mitten in einem Stau stand, vier Spuren auf der Autobahn, tausende von Fahrzeugen, alle Spuren hoffnungslos zu, ein Wagen hinter und neben dem Anderen, hinter ihr und vor ihr ein Glitzern, Glimmern und Schieben von riesigen Blechlawinen, ein Schieben und Ächzen, ein dauerndes Gehupe, ein ständiger Wechsel der Spuren, ein Tasten in die Nebenspur von allen Seiten, geht es hier oder dort schneller vorwärts, das will man glauben und nicht nur sie.

Gerade in der gewechselten Spur angekommen, bewegt sich die Danebenliegende schneller, nichts ist besser.

Ist ein Unfall passiert oder ist die Autobahn wieder mal verstopft wie jeden Tag, hoffnungslos überlastet, mit dem vielen Verkehr an einem Sonntagnachmittag, an dem viele Sonntagsfahrer ins Grüne fahren, andere zum Kaffetrinken, die dritten in den Fußballstadien absteigen, um ein wichtiges Spiel zu sehen, sich nun auf dem Heimweg befinden, die Bahn hoffnungslos verstopfen, einfach hoffnungslos verstopfen. Nichts bewegt sich, laute Motorengeräusche zum Zerbersten, die Luft zum Zerschneiden von Smog und Abgasen, die Luft flimmert vibrierend in der Sonne und das Blech der Autos blendet, so gnadenlos wie eh und je. Das wird wieder Stunden dauern.

Sie überlegte, wann die Veränderung begonnen hatte, wann alles eine andere Dimension erreicht hatte? Alles geschah schleichend, langsam, kaum spürbar, völlig unbemerkt. Die Veränderung war kaum sichtbar, so banal, bedeutungslos.

Und doch war sie da. Dass ihr das nicht viel früher aufgefallen war!

Sie bemerkte, wie weit sie sich voneinander entfernt hatten. Wann war das geschehen? Fragen über Fragen. Sie konnte sie nicht beantworten.

Vielleicht maß sie Allem zu viel Bedeutung bei und irrte sich?

Ja, vielleicht?

Sie grübelte zu viel. Sie sollte damit aufhören.

Es war schon spät, als sie endlich zu Hause angekommen war. Denn der Weg nach Hause dauerte fast doppelt – sogar im doppelten Sinne - so lange wie der Hinweg.

Zu Hause wurde sie regelrecht überfallen. Von allen Seiten kamen Fragen, sie hatte noch nicht einmal alles abgelegt.

„Wie geht es Papa in der Reha, wann kommt er denn endlich heim?" Beide Jungen sprachen fast gleichzeitig.

„Wie geht es Georg, ist er bald hergestellt? Wann kann er denn nach Hause?", erkundigte sich auch Elvira.

„Georg geht es schon recht gut. Er wird hier aber viele Anwendungen weitermachen müssen, damit sein Kreuz stabil bleibt. Die Muskulatur muss auf diese Weise erhalten bleiben. Also geduldet euch noch ein wenig, bald ist euer Vater wieder bei uns zu Hause."

Wie sie Georg an diesem Sonntag erlebte, hatte sie auch Elvira nicht erzählt.

Das behielt sie für sich. Sie wollte niemanden beunruhigen, auch sich selbst nicht. Sie verwarf ganz schnell die Erinnerung daran. In der Bauchgegend beschlich sie allerdings ein sehr mulmiges Gefühl.

36

Er hatte gerade eine schwere Zeit des Leidens, der Schmerzen und der Qual hinter sich, die er erst überwinden und verarbeiten musste. Also blieb es dabei. Er fehlte ihr, doch sie versuchte zu verstehen.

Nach der Reha ließ er noch zwei Wochen verlängern. Der Aufenthalt dort tat ihm gut.

Es kam die Zeit nach der Reha. Georg kam nach Hause. Es waren einige Wochen vergangen, in denen sie sich nur einmal gesehen hatten. Elsa holte ihn in der Klinik ab. Zu Hause fühlte er sich zunächst noch wie ein Fremdkörper. Er war irgendwie verändert. Sie konnte aber nicht genau sagen, woran es lag. Sie sagte sich, es wird schon wieder, er braucht einfach Zeit.

Er konnte wieder daran denken die Arbeit in der Bank aufzunehmen. Der Alltag normalisierte sich erneut.

37

Ihre Eltern, die bis zu diesem Zeitpunkt noch bei ihr wohnten, um die Jungen zu versorgen, waren nun abgereist. Sie hatten den Alltag wieder für sich.

Einige Tage vergingen bis der Alltag wieder normal verlief und er sich einleben konnte.

Doch Georg war seit seiner Reha sehr verändert und still geworden. Er sagte nicht viel. Er dachte viel nach, war sehr in sich gekehrt. Die Krankheit hatte ihn verändert.

Sie ließ sich nichts anmerken. Wenn sie aus dem Geschäft kam, wurde wie gewohnt das Essen vorbereitet und sie aßen alle zusammen, dann verschwand er in seinem Arbeitszimmer und war für niemanden erreichbar.

Elsa hatte im Geschäft wieder eine Aushilfe, sodass sie sich nach dem langen, vollen Einsatz im Geschäft selbst etwas Ruhe gönnen konnte. Das hatte sie dringend nötig. Die schwere Zeit mit Georg und seine lange Abwesenheit war auch für sie ein schwerer Zeitabschnitt.

Nachdem er eine gute Woche zu Hause war, bereitete Elsa wieder das Abendbrot. Heute half Michael ihr dabei, das Essen zuzubereiten.

„Mach du schon den Salat, Michael.", bat sie ihren Sohn.

„Das Gulasch ist noch nicht soweit. Es braucht noch eine halbe Stunde. Ich setze gleich die Nudeln auf. Die brauchen nicht ganz so lange, bis sie gar sind. Dann können wir essen."

Elsa wurde langsam unruhig, Georg hätte längst von seinem Arbeitsplatz zu Hause sein müssen. Sie warteten mit dem Essen auf ihn. Wo blieb er nur? Sollte etwa etwas passiert sein? Beunruhigt ging sie zum Telefon und wählte seine Handynummer. Nichts, die Leitung war tot. Er war nicht erreichbar, er hatte sein Handy nicht an. Merkwürdig! Dann wählte sie vorsichtshalber seine Telefonnummer in der Bank. Da meldete sich niemand mehr.

„Kinder, lasst uns schon essen, Papa wird gleich kommen. Vielleicht musste er etwas länger in der Bank bleiben."
Sie wusste, dass es so nicht war. Er musste in der Bank nicht länger arbeiten. Der Abend rückte weiter vor und es wurde später und später. Georg kam heute nicht nach Hause. Vielleicht war ihm etwas zugestoßen? Sie überlegte, wie sie am besten vorging. Sie rief zunächst bei der Polizei an und fragte nach.

„Mein Mann ist heute nicht nach Hause gekommen. Ist er vielleicht in einen Unfall verwickelt worden?" Sie nannte seinen Namen und fühlte sich bei diesem Anruf sehr unwohl.

„Moment, ich sehe mal alle Meldungen von heute Abend durch."
Sie hörte Papier rascheln und nach einer Weile meldete sich der Polizist am anderen Ende der Leitung:

„Hören Sie, nein, ich kann nichts finden, was auf ihren Mann hinweisen würde. Es tut mir leid. Da müssen sie abwarten, bis er nach Hause kommt oder morgen noch einmal nachfragen. Vielleicht haben wir dann etwas und können Ihnen mehr dazu sagen. Machen Sie sich keine Sorgen. Vielleicht hat er einen alten Bekannten getroffen und es gibt viel zu erzählen."

Sie bedankte sich und legte auf. Ja, vielleicht hat er wirklich jemand getroffen, mit dem er viel zu erzählen hatte. Aber eigentlich würde er Bescheid sagen. Das sah ihm nicht ähnlich.

Sie versuchte noch einmal sein Handy zu erreichen. Es war zwecklos.

, Er war nicht erreichbar. '

Langsam ging sie ins Bad und bereitete sich für die Nacht vor. Sie versuchte noch ein wenig in ihrem Buch zu lesen, war aber unkonzentriert, konnte keinen klaren Gedanken fassen und dem Geschehen im Buch diesmal auch nicht folgen. An Schlaf war nicht zu denken. Es war ihr ein Rätsel, was sie von all dem halten sollte. Das Bett neben ihr blieb heute Nacht, aber auch die nächsten Nächte, leer. Es war die längste Nacht ihres Lebens. Völlig aufgewühlt und voller Sorge konnte sie in dieser Nacht, aber auch in den folgenden Nächten, keinen Schlaf finden. Auch am Tag darauf hörte sie nichts von Georg.

Was war nur passiert?

38

Elsa stand unter furchtbarem Schock. Ihr Ehemann war schon seit zwei Tagen abwesend. Es gab kein Lebenszeichen von ihm. Er war nicht erreichbar, sein Handy war ausgestellt oder dessen Akku leer. Seit seiner Rückkehr von der Kur war er irgendwie anders. Sie bemerkte diese Veränderung, er benahm sich anders als sonst, war oft abwesend und in sich gekehrt, ja still. Sie dachte oft darüber nach, konnte aber keinen Grund dafür finden, also sagte sie nichts. Elsa durchstöberte jeden Winkel der letzten Zeit in den Geschehnissen des Alltags, doch sie fand nichts Greifbares. Es gab keinen Streit, es war nichts Ungewöhnliches vorgefallen, es gab nichts, was sein Verhalten erklären würde.

Was war es dann?

Heute wollte sie später ins Geschäft. Ganz in sich gekehrt und in eigene Gedanken vertieft, ging sie langsam ins Schlafzimmer. Die Kinder waren zum Glück in der Schule und haben davon noch nichts mitbekommen. Dafür war sie dankbar. Sie machte die Betten, schüttelte die Kissen auf, legte sie am Kopfende hin und strich sie glatt.

Dann schüttelte sie die Bettdecke auf und strich sie glatt und legte die Tagesdecke darüber. Sie öffnete ganz gedankenverloren die Schublade des Nachttischschränkchens. Seine Socken lagen nicht mehr darin. Ach, und die Schlafanzüge in der unteren Schublade fehlten auch. Angst kroch in ihr hoch und ein ganz schlechtes Gefühl beschlich sie und breitete sich in ihr aus. Ihr Herz pochte bis zum Hals.

Oh Gott, was war das? Panik machte sich in ihr breit. Sie ging zu seinem Schrank und in düsterer Vorahnung öffnete sie die Schranktür. Sein Schrank war leergeräumt. Wann war denn das geschehen? Sie hat nichts bemerkt. Er hat nie eine Reisetasche oder einen Koffer mitgenommen. Alles war weg. Das ist doch unmöglich! Nun stand für sie fest, es sieht so aus, als wäre er ausgezogen, ohne ein Wort der Erklärung, ohne dass sie davon irgendetwas mitbekommen hat und ohne einen erkennbaren Grund. Sie war wie betäubt. Der Schock fuhr ihr tief und nachhaltig in die Glieder.

Dieses Ereignis entzog ihr jegliche Kraft und Energie. Sie wusste plötzlich nicht mehr, wie sie diesen Tag überstehen sollte. Ihre Gedanken schweiften weiter, der Schädel brummte, sie konnte keinen klaren Gedanken fassen. Tiefe Verzweiflung machte sich breit. Sie hatten so viele neue Pläne geschmiedet. Sie war am Ende, die Kraft verließ sie.

Sie erinnerte sich an früher, als sie noch jünger waren, sie alberten herum, lachten und scherzten viel, hielten sich dauernd an den Händen, wie zwei Ertrinkende, die nicht loslassen konnten, weil sie sonst ertrinken würden. Sie waren unendlich glücklich.

Als die Kinder kamen, war es das größte Glück für sie beide. Sie gingen mit ihnen nach draußen auf den Spielplatz, wo sie mit den Nachbarskindern spielten, oder aber im Sommer, wenn das Wetter warm war, ins Schwimmbad, wo sie zusammen im Wasser viel Spaß hatten. Was war das für eine glückliche Zeit. Sie selbst empfand, dass sie eigentlich derzeit auch glücklich waren, nur die Zeiten hatten sich gewandelt und verändert. Das ist der Gang der Zeit, jeder verändert sich, nichts bleibt, wie es ist.

Und dann ihre Liebe! Elsa hatte sie für Bestimmung gehalten. Eine solche Harmonie und Übereinstimmung gab es kein zweites Mal! So dachte sie jedenfalls bis dahin. Und nun?

Was war geschehen ?

Was hat sie verpasst und einfach nicht mitbekommen? Fühlte er sich vernachlässigt, fühlte er sich nicht verstanden, gab sie ihm vielleicht nicht genug?

Tausend Fragen schwirrten ihr durch den Kopf, aber Antworten darauf fand sie nicht. Es war wie ein Alptraum, aus dem sie nicht aufwachte, der nicht zu Ende ging. Er war Realität geworden, die sie hier einholte. Wer hat sich das für sie ausgedacht? Sie bestimmt nicht. Ihr wurde schwindelig, die Sinne und ihre Gedanken verschmolzen miteinander. Was für ein schlechter Scherz. Sie hatte Kopfschmerzen und nahm eine Tablette. Gleich kamen die Jungen aus der Schule. Da musste sie wieder ganz gefasst sein.

„Oh Gott", dachte sie.

„Hoffentlich habe ich die Kraft das alles durchzustehen."

Schon am Vormittag den Tag davor hatte sie überall angerufen. Zunächst meldete sie sich bei der Polizei an. Er konnte einen Autounfall gehabt haben. Nachdem sie das ausschließen konnte, rief sie nacheinander alle Krankenhäuser an. Auch da hatte sie keine Informationen über ihn erhalten können. Das war schon ein gutes Zeichen. Es ist ihm nichts Schlimmes zugestoßen.

Sie nahm ihren ganzen Mut zusammen und rief seinen besten Freund und Kollegen Uwe an. Sie waren oft zusammen, gingen joggen, spielten Tennis und verbrachten so manchen Abend miteinander. Es war ihr zwar peinlich, ihn nach Georg zu fragen, aber in diesem Fall hatte sie keine andere Wahl.

„Hallo Uwe, weißt du, wo sich Georg aufhält? Ich kann ihn nicht erreichen." Sie wartete voller Ungeduld auf seine Antwort. Er räusperte sich etwas verlegen;

„Das weiß ich leider auch nicht. Wir haben die letzte Zeit auch nicht mehr so viel gemeinsam unternommen. Bis vor ein paar Tagen habe ich ihn noch in der Bank gesehen. Er hat sich verabschiedet."

Es verschlug ihr die Sprache.

„Wie meinst du das, ... ,verabschiedet'?"

„Er hat vor einiger Zeit gekündigt. Er arbeitet nicht mehr bei uns. Weißt du das nicht?"

Seine Frage stand im Raum.

„Wie bitte?"

Diese Worte waren ihr einfach so herausgerutscht. Ihre Knie fingen an zu zittern. Sie hatte fast keine Gewalt mehr über ihren Körper.

„Wusstest du das nicht?", fragte er ganz verwundert.

Sie wagte kaum zu atmen, als könnte man ihre Gedanken lesen. Die Gedanken überschlugen sich. Was war denn hier los? Es verschlug ihr völlig die Sprache. Alles hat sich gegen sie verschworen.

Sie glaubte, sie müsste jeden Moment aus einem schweren Alptraum aufwachen. Das konnte doch nicht Wirklichkeit sein? Das geschah doch nicht ihr?

„Weißt du, ob und wenn ja, wo er eine neue Anstellung gefunden hat?", tastete sie sich heran.

„Leider nicht, er hat mir nicht viel erzählt."

Er druckste ein wenig herum.

„Seit meiner Beförderung zum Filialleiter hat unsere Freundschaft einen Knacks bekommen. Ich dachte, das wusstest du." Sie wurde ganz still. Was hat er ihr noch verheimlich und nicht erzählt? Ihr schien, da gab es noch Einiges. Wie weit hatten sie sich voneinander entfernt?

Nachdem das Telefonat mit seinem Freund Uwe beendet war, legte sie auf. Sie musste sich setzen. Ihre Glieder zitterten, der ganze Körper bebte, sie war völlig kraftlos. Hilflos sinnierte sie vor sich hin, in eigenen Gedanken versunken. Sie fühlte sich erbärmlich, als wäre das Leben aus ihr gewichen. Sie hatte keine Kraft und keinen Halt mehr. Sie war nicht in der Lage zu handeln. Eines wusste sie, sie durfte nicht aufgeben, ihre Kinder brauchten sie. Gerade jetzt musste sie für ihre Jungen da sein. Es musste weitergehen. Die Vernunft und dieser eine Gedanke belegte sie voll und ganz mit Beschlag. Sie war nur noch ein Schatten ihrer selbst.

Der Schmerz saß ungeheuer tief, die Verzweiflung peinigte sie, das alles zu begreifen und zu verstehen war fast unmöglich.

Eine Frage stellte sich immer wieder:

‚Was war geschehen? '

Plötzlich fiel ihr der Traum ein, den sie vor langer Zeit hatte, in dem sie um ihr Leben kämpfte und ertrank. Dieses Ereignis nahm ihr die Luft, die Kraft, und den Mut, es nahm ihr alles, was sie zum Leben brauchte. Sie glaubte tatsächlich für immer in der Tiefe zu versinken und niemals mehr auftauchen zu können.
Sie konnte keinen klaren Gedanken fassen. Wie soll es weitergehen?
Sie wusste es nicht.

39

Die ersten Tage und Wochen musste sie sich erst in die neue Situation einfinden. Den tiefen Schmerz glaubte sie niemals überwinden zu können. Wie besessen stürzte sie sich tagsüber in ihre Arbeit, die sie von den Sorgen und ihren Hirngespinsten, die ihren Kopf tatsächlich zu vergiften schienen, ablenken sollte. Doch die Nächte waren am schlimmsten. Sie konnte nicht zur Ruhe kommen, an Schlaf war kaum zu denken, erst gegen Morgen fiel sie in einen tiefen Erschöpfungsschlaf und fühlte sich tagsüber wie gerädert. Die Jungen gingen wie gewohnt zur Schule. Sie bemerkten nicht den täglichen Kampf in ihrem Inneren, den sie gegen sich selbst zu bewältigen hatte. Wenn die Jungen nach Hause kamen, stellten sie inzwischen Fragen nach dem Verbleib ihres Vaters.

„Wo ist Papa heute? Er ist schon seit einigen Tagen fort. Wann kommt er denn wieder?" Dennis' Frage stand im Raum.

Auch Michael schaute etwas unverständlich und misstrauisch zu ihr herüber, um ihre Reaktion abzuwarten.

Sie wusste nicht, was sie ihnen antworten sollte. Mit dieser Situation war auch sie völlig überfordert. Sie wählte stets eine Ausrede.

„Euer Vater ist zu einer Fortbildung, Diesmal dauert es etwas länger als gewöhnlich."

Vorerst konnte sie von einer Notlüge Gebrauch machen.

Doch dann wurde ihr klar, dass sie ihnen irgendwann ‚reinen Wein' einschenken und die Wahrheit sagen musste. Nur, was war die Wahrheit? Sie kannte sie selbst nicht. Er war einfach fort. Würden sie ihr das glauben? Er hat uns verlassen. Er hat uns alle verraten, im Stich gelassen.

War das die Wahrheit?

So bald wie möglich müsste ihr etwas Plausibles einfallen, um die beiden Jungen zufrieden zu stellen. Aber wie nur sollte sie es ihnen präsentieren?

Nachdem sich nichts verändert hatte und Georg nicht wieder auftauchte, musste sie für sich und für die Jungs eine Lösung finden. Sie rief ihre Eltern an und informierte sie über die Ereignisse und den Stand der akuten Situation. Ihre Eltern waren erschüttert und wollten wissen, was geschehen war. Sie schienen das ideale Ehepaar. Das sah Georg gar nicht ähnlich. Er war ein fürsorglicher Vater und Ehemann. Die Eltern schätzten ihn immer sehr und hatten eine hohe Meinung von ihm.

Und nun das?

„Das würde ich selbst gerne erfahren, nur leider kann ich ihn nicht danach fragen. Er kam aus der Bank einfach nicht nach Hause. Über sein Handy kann ich ihn nicht erreichen. Es gibt keine Verbindung."

„Hast du schon die Polizei angerufen und dich erkundigt? Er kann auch schwerverletzt im Krankenhaus liegen oder Schlimmeres?", meinte ihre Mutter.

„Das habe ich alles schon getan. Leider wissen auch sie nichts. Auch die Krankenhäuser habe ich angerufen. Niemand konnte mir weiterhelfen. Als ich mir keinen Rat mehr wusste, habe ich seinen Freund Uwe angerufen. Der hat erzählt, dass Georg in der Bank gekündigt hat und eine neue Anstellung habe. Als er sich verabschiedete, wusste aber auch Uwe nichts Näheres. Leider konnte er mir nicht weiterhelfen."

Sie machte eine Pause.

„Im Augenblick weiß ich wirklich nicht, wo ich noch ansetzen könnte, um Georgs Aufenthalt herauszubekommen. Ich bin ziemlich durcheinander. Es hat mich ganz aus der Bahn geworfen. Keiner kann sich vorstellen, wie ich mich fühle.

Ich möchte euch bitten, mir bei der Betreuung der Jungen behilflich zu sein und hierher zu kommen. So, wie die Gegebenheiten zurzeit sind, bin ich finanziell auf mich alleine gestellt und muss leider ins Geschäft gehen. Ich brauche euch jetzt mehr denn je. Glücklicherweise wirft das Geschäft genug ab, um davon leben zu können. Ich muss zusehen, dass es weitergeht. Aber die Jungen müssen versorgt sein.", bat sie ihre Eltern inständig, so schwer es ihr auch fiel.

„Mit Dennis gibt es in der Schule schon seit geraumer Zeit einige Probleme. Gerade war es etwas besser geworden. Ich möchte nicht, dass er rückfällig wird. Mit Michael gibt es hier und da schon mal Reibereien, aber im Großen und Ganzen läuft es mit ihm ganz gut. Die beiden Jungen kommen gerade in eine etwas schwierigere Phase. Ich möchte nicht, dass sich noch größere Probleme einstellen."

„Wenn wir helfen können, stehen wir dir natürlich zur Seite, das ist doch keine Frage", sagten die Eltern zu.

„Gib uns ein paar Tage, um hier alles zu regeln. In den nächsten Tagen sind wir bei euch, um dich im Alltag zu unterstützen, damit du deiner Arbeit im Geschäft nachgehen kannst", beendete die Mutter.

Elsa war erleichtert.

„Ich bin sehr froh und dankbar, dass ihr zur Verfügung steht und euch die Zeit für die Kinder nehmt."

„Es sind auch unsere Enkel, vergiss das nicht.", meinte ihre Mutter.

„Ja, ich weiß, wir sehen uns in den nächsten Tagen."

40

Schon einige Tage später kamen ihre Eltern angereist. Sie war glücklich wenigstens ihre Eltern verlässlich an ihrer Seite zu wissen, sodass sie sorgenfrei in ihr Geschäft gehen konnte. Irgendwie lief alles weiter. Sie schwebte mehr unwirklich, als dass sie faktisch vorhanden war. Sie funktionierte nur, sie war wie betäubt. Dieser Zustand sollte noch anhalten. Im Geschäft gab es nichts Besonderes, es verlief alles ruhig. Ihre Freundin kam zu ihr ins Geschäft. Sie wusste inzwischen um ihre besonders belastende Lebenslage.

Iris kam, um nach ihr zu sehen. Schon aus der Schulzeit kannten sie sich, das war nun eine Ewigkeit her. Sie wollte schauen, wie es ihr erging und versuchte, sie von ihrem Kummer abzulenken und aufzuheitern. Elsa brauchte jetzt diese Form von Ablenkung.

„Du musst mal auf andere Gedanken kommen. Ich dachte, wir könnten was unternehmen. Wie wäre es, wenn wir heute Abend Tennis spielen gehen?"

„Ach, ehrlich gesagt ist mir nicht danach, wirklich, ich habe keine Lust dazu."

„Na, komm schon, das wird dir guttun, bestimmt. Glaube mir, du musst dich ablenken. Immer nur im Laden zu stehen und abends die Kinder, du musst auch da mal raus. Deine Eltern sind ebenfalls noch da. Einen Abend kommen die Jungs außerdem ohne dich aus."

„Ich überlege es mir. Ich ruf dich nachher an.", versprach sie. Aber sie hatte nicht die geringste Motivation. Sie wollte nur ihre Ruhe. Sie tranken noch einen Cappuccino zusammen, danach verließ Iris ihr Geschäft. Ihre Freundin war nicht zu ersetzen.

Nach Geschäftsschluss traf sich Elsa dann doch noch mit Iris. Elsa hatte sich breitschlagen lassen, dass ihr eine Abwechslung gut täte. Ihren Eltern gab sie Bescheid, dass sie den Abend im Tennisclub verbringen wollte. Die Eltern waren froh, dass sie begann sich für neue Sachen zu interessieren. Sie machten sich Sorgen um ihre Tochter. An ihrem Schicksal hatte sie schwer genug zu tragen. Umso mehr begrüßten sie die Anregungen und Bemühungen ihrer Freundin.

Der Abend wurde doch noch sehr anregend. Sie spielten Tennis bis zur Erschöpfung. Beide kamen ordentlich ins Schwitzen. Elsa hat zwar nicht gewonnen, aber es hat ihr gut getan, sich zu bewegen. Allerdings stellte sie fest, dass sie ganz schön eingerostet war. Das kam davon, dass sie sich so wenig Zeit nahm, um fit zu werden und es auch zu bleiben. Woher die Zeit nehmen, war die Frage? Zu guter Letzt war sie dann doch froh, mit Iris den Abend verbracht zu haben. Sie konnte seit langem mal richtig durchatmen. Es wurde ihr leichter ums Herz, die Seele war beschwingt.

Als sie sich verabschiedeten, meinte sie:

„Das sollten wir wiederholen. Es hat gutgetan. Es ging mir schon lange nicht mehr so gut, wie heute."

41

Am nächsten Tag war Elsa längst wieder in ihrem Laden, als ihre Mutter anrief:

„Hallo Elsa, ich muss leider anrufen. Stell dir vor, Dennis ist noch nicht aus der Schule gekommen. Er müsste heute längst zu Hause sein."

„Du hast Recht, es ist ungewöhnlich, dass er noch nicht zu Hause ist. Ich rufe in der Schule an und höre nach."
Elsa rief in der Schule an:

„Ich will mich nur kurz erkundigen, ob mein Sohn Dennis sich noch in der Schule aufhält. Möglicherweise hat er Nachsitzen, das könnte ja sein."
Der Pädagoge am anderen Ende der Leitung meinte:

„Ich glaube, dass die Schüler schon alle die Schule verlassen hatten. Aber ich sehe gerne nach, ob noch jemand da ist. Bleiben Sie einen Augenblick am Apparat."

Sie hörte, wie sich Schritte entfernten und musste warten.

„Hören Sie, ich muss Ihnen leider mitteilen, dass niemand von den Schülern mehr da ist. Die Klasse ist leer, es tut mir leid. Er muss auf dem Weg nach Hause sein."
„Danke für Ihre Auskunft. Dann wird er sicher gleich kommen."
Damit war das Gespräch beendet. Sie rief ihre Mutter noch einmal an, um sie zu benachrichtigen:

„Ich konnte in der Schule nichts erfahren. Die Schüler haben die Schule alle schon verlassen. Wir können jetzt nur abwarten. Irgendwann kommt er schon. Ich hoffe nur, er stellt nichts Dummes an. Mach dir jetzt keine Sorgen. Was macht Michael? Ist er schon zu Hause?"

„Michael ist in seinem Zimmer. Gerade vorhin kam seine Freundin Kati. Ist ja ein nettes Mädchen, die Kleine.", meinte die Mutter.

„Ja, das ist sie tatsächlich. Wenigstens er hält sich an die Regeln. Dann bis später."

Sie beendeten das Telefonat.

Elsa kam aus dem Geschäft nach Hause, als ihr Elvira mit einer Sorgenmiene entgegenkam.

„Dennis ist immer noch nicht da."

„Ich rufe ihn auf seinem Handy an." Sie wählte die Telefonnummer ihres jüngsten Sohnes. Aber sie bekam keine Verbindung. Er hatte sein Handy ausgeschaltet. Jetzt konnte sie nur noch abwarten. Sie aßen zu Abend, als endlich der Junge zur Haustür hereinkam.

„Wo kommst du denn jetzt zu dieser Stunde her?", wollte Elsa von ihm wissen.

„Ich war in der Stadt.", meinte Dennis ganz unschuldig, als wäre es das selbstverständlichste auf der Welt.

„Dennis, kannst du dir vorstellen, dass wir uns Sorgen gemacht haben?"

„Aber wieso denn? Das ist doch nichts Schlimmes.", meinte er völlig gelassen.

„Dennis, ich möchte nicht, dass du noch einmal, ohne uns Bescheid zu sagen, in der Stadt herumläufst. Von der Schule muss dich der Weg direkt nach Hause führen."

Elsa war außer sich.

Der Junge lungerte in der Stadt herum und dachte sich nichts dabei. Und sie waren alle in heller Aufregung.

„Aber warum denn?" Er begriff nicht, warum er das nicht tun durfte.

„Ich möchte, dass du auf dem direkten Weg nach Hause kommst. Es kann dir etwas zustoßen und wir machen uns Sorgen. Du bist erst dreizehn Jahre alt, du kannst nicht einfach nach Hause kommen, wann du willst."

„Ja, wenn es sein muss."

„Ja, es muss sein.", antwortete Elsa und ließ es so stehen. Sie hoffte, dass sich das nicht wiederholen würde.

Einige Wochen später kam Dennis wieder von der Schule nicht nach Hause.

Elvira rief Elsa im Geschäft an:

„Hallo Elsa, heute ist Dennis wieder nicht aus der Schule gekommen."

„Ja, dann müssen wir abwarten, bis er endlich nach Hause findet. Es bleibt uns nichts anderes übrig. Er wird schon kommen.", meinte sie lapidar. Sie mussten warten.

Eine Stunde später betraten zwei Polizeibeamte ihren Laden in der Begleitung von Dennis.

„Guten Tag, Frau Hartmann. Ist das Ihr Sohn Dennis?" Elsa bestätigte und nickte mit dem Kopf.

„Ja, das ist er."

„Wir haben mit viel Mühe aus ihm herausbekommen, wo wir Sie finden. Wir haben Ihren Sohn bei Saturn mitgenommen, wo man uns hingerufen hat. Er wurde beim Stehlen einer CD einer Hip-Hop Gruppe erwischt. Der Laden sieht diesmal noch von einer Anzeige wegen seines Alters ab. Er sollte sich dort entschuldigen, persönlich. Das sollte sich allerdings nicht wiederholen. Denn irgendwann gibt es dafür eine Anzeige.", endete der Polizeibeamte.

„Danke, dass Sie ihn hergebracht haben. Ich werde mit ihm reden, damit sich das nicht noch einmal wiederholt." Die Beamten verabschiedeten sich und verließen das Geschäft.

„Dennis, wir beide unterhalten uns gleich zu Hause."

Er musste bis zum Feierabend bei ihr im Geschäft bleiben. Gemeinsam verließen sie den Laden und gingen nach Hause. Ihre Eltern waren überrascht, als beide das Haus betraten. Nach dem Abendbrot setzte sie sich mit Dennis zusammen, um die Angelegenheit seiner Tat zu besprechen.

„Dennis, was ist eigentlich mit dir los? Warum hast du das getan? Du hast doch genug CDs dieser ‚Hip-Hop Gruppe'."

Sie konnte es nicht fassen.

Dennis blieb stumm und sagte nichts. Er sah beschämt zu Boden.

„Dennis, was ist in dich gefahren, bitte sag was, ich habe dich doch etwas gefragt?"

Doch Dennis schwieg.

„Ich frage dich noch einmal. Warum hast du das getan?"

„Ich weiß es nicht, ehrlich?", antwortete er und zog seine Schultern in die Höhe.

„Ich möchte, dass du verstehst. Was du getan hast, ist eine Straftat. Das ist kein Spiel und kein Spaß. In einem Jahr bist du strafmündig, das heißt, dass du bestraft werden kannst und du bist für die Tat verantwortlich. Ich möchte, dass du das nie wieder tust, hörst du, n i e w i e d e r !" Nach einer Pause sprach sie weiter.

„Wir beide gehen morgen gemeinsam zu Saturn und du wirst dich dafür entschuldigen und zum Ausdruck bringen, wie Leid es dir tut, was du getan hast. Und du musst es ehrlich meinen. Das ist keine Kleinigkeit, was du getan hast. Und jetzt gehst du in dein Zimmer und denkst über deine Tat nach."

42

Am nächsten Tag gab Elsa eine Anzeige auf. Sie suchte eine Aushilfe für zweimal wöchentlich. Sie musste sich etwas mehr Zeit für ihre Söhne nehmen. So konnte es nicht weitergehen.

Nach der Schule holte sie Dennis ab, nahm ihn an der Hand und sie suchte mit ihm im Zentrum das Geschäft „Saturn" auf, damit sich Dennis entschuldigen konnte.

Im Saturn verlangte sie nach dem Geschäftsführer. Während sie auf ihn warteten, ermahnte sie ihren Sohn noch einmal:

„Du weißt, was du zu tun hast? Ich möchte, dass du dich in aller Form entschuldigst. Wir haben das schon gestern besprochen." Dennis nickte.

Der Geschäftsführer kam und sie stellte sich vor:

„Mein Name ist Hartmann und das ist mein Sohn Dennis. Er hat Ihnen etwas zu sagen.", beendete sie ihren Satz. Dann überließ sie das Sprechen ihrem Sohn;

„Dennis bitte."

Dennis fand zunächst den Anfang nicht. Die Angelegenheit war ihm sehr peinlich, das merkte man ihm an, aber da musste er jetzt durch:

„Ja, ich möchte mich dafür entschuldigen, was ich gestern getan habe. Das tut mir sehr leid."

Er sah den Geschäftsführer kurz an und blickte dann beschämt zu Boden.

„Ich hoffe, das war ein einmaliger Ausrutscher und du tust es nie wieder, denn das kann für dich böse enden. Dieses Mal sehe ich darüber hinweg, aber das nächste Mal kann das anders ausgehen. Merke dir das. Eine Straftat kann dich ein Leben lang verfolgen und dein Leben sehr negativ verändern.", beendete er seine Ermahnung.

„Ich hoffe, dich hier nicht noch einmal unter diesen Umständen zu sehen."

Elsa bedankte sich bei ihm und reichte ihm die Hand:

„Ich danke Ihnen sehr für Ihr Entgegenkommen."

Sie verabschiedeten sich voneinander. Auch Dennis reichte ihm zum Abschied die Hand.

„Mama, wann kommt Papa endlich nach Hause?" Wieder diese unangenehme Frage, die die beiden Jungen stellten. Sie hat eine gewisse Zeit verstreichen lassen, um den Beiden einfach die Wahrheit in gewisser Weise zu übermitteln.

„Wir reden heute Abend in aller Ruhe darüber, vielleicht nach dem Abendbrot.", meinte Elsa.

Sie wollte dadurch etwas Zeit gewinnen.

Die beiden Jungen setzten sich schon auf das Sofa und warteten voller Spannung auf Elsa, die ihre Arbeit in der Küche zu Ende bringen wollte. Nach getaner Arbeit setze sie sich zu ihren Söhnen.

„Ich denke, es wird Zeit, dass auch ihr beiden wisst, dass bei uns sich etwas verändert hat. Ihr habt es ja selbst schon bemerkt. Euer Vater ist seit geraumer Zeit nicht mehr bei uns. Er ist nicht auf einer Fortbildung, sondern wir haben uns getrennt. Wir sind sozusagen nun zu dritt, allein."

Nun war es raus.

Sie sah ihre beiden Jungen an. Wie würden sie reagieren und all das aufnehmen? Beide starrten sie ungläubig an. Es beschlich sie tiefe Angst. Sie erschütterte auch ihre Existenz. Würden sie das verkraften können? Sie weiterhin anzulügen, wäre einfach nicht möglich. Das wusste sie. Einen anderen Weg als die Wahrheit auszusprechen gab es nicht. Sie starrten sie immer noch fassungslos an. Beide sagten nichts. Sie waren wie erstarrt, konnten zunächst nichts sagen. Michael fand als erster seine Sprache wieder.

„Aber wieso, das verstehe ich nicht, ihr habt euch doch immer verstanden? Wo ist Papa denn jetzt?", wollte er wissen.

„Ich kann dir das nicht beantworten. Niemand weiß es, auch ich nicht."

„Er hat sich nicht einmal von uns verabschiedet!", brach es aus Dennis heraus. Warum hast du das getan, warum?", wollte er aufgebracht wissen.

„Ich weiß, wie ihr euch fühlt. Wir haben es in diesen Tagen alle schwer. Es tut mir aufrichtig leid. Ich würde euch das gern ersparen. Wir müssen jetzt ganz fest zusammenhalten und für einander da sein, wir drei. Nichts darf uns auseinanderbringen. Einer für den anderen. Denkt daran. Nur das wird uns wirklich helfen. Wir dürfen nicht aufgeben. Wir schaffen das, glaubt mir."

Sie nahm beide Jungen in den Arm und versuchte so Trost zu spenden. Sie waren sehr still geworden, gingen ohne erkennbare Reaktion beide in den oberen Bereich des Hauses und verschwanden in ihren Zimmern.

Es war ruhig im Haus. Als sie ins Bett gingen, um zu schlafen, ging sie nach oben, deckte beide liebevoll wie immer zu und gab jedem einen Kuss auf die Stirn. Sie wusste, es war ihnen schwer ums Herz.

Eines war sicher, die beiden würden noch Zeit brauchen, um darüber hinwegzukommen. Das war wohl das Schwerste, das sie sich selbst aber vor allem von ihren beiden Jungen abverlangte. Sie hoffte nur, sie würden es bald verarbeiten und darüber hinwegkommen.

In den Tagen danach schlichen ihre beiden Söhne in Trauerstimmung im Haus herum, wenn sie aus der Schule kamen. Sie sprachen nicht viel, waren still und einsilbig.

43

Einige Wochen später, als sie im Geschäft war, meldete sich ihre Mutter bei Elsa.

„Dennis ist mal wieder noch nicht zu Hause, Elsa."

„Ich hoffe nur, er fängt nicht wieder an herumzulungern. Das wäre gar nicht gut. Wir können nur abwarten, bis er nach Hause kommt.", antwortete sie besorgt.

Als sie nach Hause kam, ging es dort schon sehr turbulent zu. Ihre Eltern standen zwischen Küche und Wohnzimmer, mittendrin Dennis mit einem Hund. Ein wunderschöner Hund mit ganz kurzem, grau glänzenden Fell und bernsteinfarbenen Augen. Elsa war sichtlich überrascht. Die Eltern waren dabei, Dennis nahezubringen, dass der Hund jemandem gehören musste und dass er ihn nicht behalten könne. Elsa trat näher:

„Was ist denn hier los, wo kommt denn der Hund her?"

„Der ist mir einfach gefolgt und bis zu unserem Haus hinterhergelaufen. Er wich nicht mehr von meiner Seite. Ich konnte ihn nicht verscheuchen. Ich habe keine Ahnung, wem er gehört."

„Aber Dennis, den können wir doch nicht behalten. Außerdem muss er jemandem gehören.", erwiderte sie.

Elsa sah den Hund an. Es war ein hübsches Tier. Er sah regelrecht edel aus. Als ob er wusste, worum es ging, sah er sie mit schräg gelegtem Kopf aus seinen schönen Augen bittend an. Ein fragender Blick, als ob er sagen wollte, was nun?

Unglaublich!

Diesem Blick konnte man kaum widerstehen.

„Aber wieso denn, er ist mir doch gefolgt? Wie wollen wir herausbekommen, wem er gehört?"

„Wir werden bekannt geben, dass uns ein Hund zugelaufen ist. Wenn ein Tier gefunden wird, bringt man es ins Tierheim. Der Besitzer wird sich dann finden lassen und sich dort melden. Vielleicht sucht er ihn schon und macht sich große Sorgen um sein Tier."

„Das ist ungerecht. Er mag mich doch. Ich möchte ihn gerne behalten, ach bitte, Mama."

„Also, wir geben die Anzeige auf und warten ab, was geschieht. Wenn sich niemand meldet, überlegen wir, was wir weiter unternehmen."

„Ich mache alles, was notwendig ist, damit der Hund versorgt ist. Ich gehe auch mit ihm spazieren. Du wirst keine Arbeit mit ihm haben, ganz bestimmt."

„Das will ich auch hoffen. Du weißt, für so ein Tier hat man auch eine große Verantwortung."

Am darauffolgenden Tag wurde eine Anzeige aufgegeben, dass ihnen ein Hund zugelaufen war. Überall in der Umgebung wurden Handblätter verteilt und angebracht, aus denen hervorging, dass ihnen ein Hund zugelaufen war und unter welcher Telefonnummer er zu finden war.

Dennis hoffte, es würde sich niemand melden, und er könne den Hund behalten. Sie beide, der Hund und Dennis waren unzertrennlich. Wohin Dennis auch ging, der Hund folgte ihm auf Schritt und Tritt. Als gehörten sie einfach für immer zusammen.

Das war sehr ungewöhnlich.

Um die Anzeige aufzugeben, fuhr Elsa in die Stadt zu der Zeitungsadresse des Südanzeigers.

„Ich möchte Sie bitten eine Annonce zu drucken:

‚Wer vermisst seit Dienstagnachmittag einen großen, kurzhaarigen, silbergrauen Hund mit schönen Bernsteinaugen, Auskunft unter der Telefonnummer 0163 004 385 45‘.“

Nachdem das erledigt war, wollte Elsa schnell nach Hause. Sie setzte sich in ihren Wagen, setzte aus der Parklücke rückwärts raus und da geschah es. Es gab einen kräftigen ‚Rums‘ und sie blieb abrupt stehen. Wo kam denn der Wagen her? Elsa sah rechts nach hinten und sah nicht, dass von rechts ein Fahrzeug angefahren kam, das sie übersehen hatte und mit dem sie zusammengestoßen war und einen Unfall verursacht hatte. Die Kollision war nicht extrem groß, doch sie bekam einen ganz schön großen Schrecken. Sie stieg aus ihrem Wagen und sah sich den Schaden, der entstanden war, an. Auch der betroffene Fahrer des anderen Fahrzeuges stieg aus seinem Fahrzeug.

„Es tut mir sehr leid, dass ich Sie übersehen habe. Natürlich komme ich für den Schaden auf.“, entschuldigte sich Elsa. Der Fahrer des beteiligten Fahrzeuges, eines BMW, bemerkte ihre Nervosität.

„Es ist alles halb so schlimm. Es ist niemand von uns verletzt und zu Schaden gekommen. Der Schaden am Fahrzeug lässt sich schnell reparieren. Machen Sie sich keine Sorgen.“

„Vielleicht tauschen wir Telefonnummern aus, damit ich Ihnen meine Versicherungsnummer geben kann, oder Sie schicken mir die Reparaturrechnung. Ich reiche die Rechnung an meine Versicherung weiter. Meine Versicherung begleicht den Schaden.", war Elsas Antwort.

Sie tauschten die Visitenkarten und der BMW Fahrer versprach, sich bald zu melden. Sie verabschiedeten sich und Elsa fuhr sehr bedrückt nach Hause.

Im Moment konnte sie das alles nicht gebrauchen. Es war auch ohne den Unfall in der letzten Zeit ungeheuer viel auf sie eingestürmt. Die vielen Ereignisse waren noch nicht verarbeitet. Die leidliche Geschichte mit Georg, der ganze Ärger mit Dennis, den sie zu verkraften hatte, und nun noch der Unfall. Es gab ständig etwas Neues. Wie gut, dass wenigstens ihre Eltern sie unterstützten und ihr zur Seite standen. Allein würde sie damit nicht fertig werden. Sie fühlte sich an manchen Stellen tatsächlich überfordert. Alles war einfach zu viel.

Sehr müde und erschöpft kam sie zu Hause an.

„Ich bin völlig ausgelaugt. Zu allem Überfluss habe ich gerade einen Unfall verschuldet. Ich weiß nicht, was mit mir los ist?"

„Es ist dir doch nichts passiert? Bist du verletzt?", erkundigte sich ihre Mutter.

„Nein, zum Glück nicht.", antwortete ihr Elsa.

„Gott sei Dank.", meinte Elvira.

„Die Anzeige ist aufgegeben, jetzt müssen wir abwarten, ob den Hund jemand vermisst und in den nächsten Tagen nach ihm fragt."

„Was gibt es heute zu essen?", fragte Elsa ganz beiläufig.

„Heute gibt es Putengeschnätzeltes und einen schönen Salat dazu. Wir können auch gleich essen.", verkündete Elvira.

Der Hund, den Dennis den Tag davor mitgebracht hat, lag auf einer ausrangierten Decke in der Ecke zwischen Küche und Wohnzimmer und verhielt sich ganz ruhig. Als Dennis ins Haus stürmte, war der Hund sofort an seiner Seite, die Begrüßung war stürmisch.

„Hast du schon einen Namen für ihn?", fragte Elvira.

„Nein, noch nicht, ich überlege noch.", kam die Antwort von Dennis.

„Die Anzeige kommt morgen in der Zeitung, dann wissen wir bald, ob den Hund jemand vermisst und wem er gehört.", sprach Elsa.

„Ich will ihn aber behalten, der will doch bei mir sein.", meinte Dennis erneut. Darauf ging Elsa erst gar nicht mehr ein. Sie aßen zu Abend. Jeder ging seiner Lieblingsbeschäftigung am Abend nach und vertrieb sich die Zeit.

„Die Aufgaben für die Schule, sind sie alle gemacht?", fragte Elsa die beiden Jungen.

„Es ist alles erledigt.", meldete sich Michael.

„Dennis, wie ist es bei dir?", fragte Elsa nach.

„Ich habe auch alles bereitet und erledigt.", kam auch von Dennis. Dennis war ausschließlich mit dem Hund beschäftigt. Als es später wurde, verabschiedeten sich die beiden Jungen und begaben sich auf ihre Zimmer.

Nachdem sich Michael und Dennis verabschiedet hatten, saßen Elsa und ihre Eltern allein im Wohnzimmer.

Der Vater, der eher ruhigere Part ihrer Eltern, meldete sich zu Wort und fragte;

„Hast du schon etwas von Georg gehört? Hat er sich endlich gemeldet?" Seine Frage stand im Raum.

Elsa wartete eine Weile und dachte nach.

„Nein, ich habe noch nichts von ihm gehört, keinen Anruf, keine SMS, keine Karte, nein, bis jetzt nichts. Ich denke oft darüber nach, wo er sich befindet und was er so tut?", sinnierte Elsa vor sich hin.

„Ich befinde mich immer noch in einem Ausnahmezustand. Ohne euch würde ich es kaum schaffen und aushalten können. Ich bin sehr froh, meine Arbeit erledigen zu können und dadurch Ablenkung zu haben. Das hilft mir sehr über diese schwere Zeit hinweg. Und natürlich die Kinder. Wenn ich sie nicht hätte, ich denke erst gar nicht darüber nach.", beendete sie ihre Gedanken.

„Du müsstest etwas unternehmen, um herauszubekommen, was mit Georg geschehen ist. Das willst du doch sicher auch wissen.", meinte ihr Vater ganz vorsichtig.

„Vielleicht solltest du einen Detektiv mit dieser Aufgabe beauftragen. Für solche Sachen bin ich sonst nicht zu begeistern, aber in diesem Fall, um Klarheit zu erlangen, ja, da wäre ich dafür."

„Ich denke darüber nach.", versprach sie.

Sie war noch nicht ganz so weit. Der Schmerz saß tief. Würde sie ihn je überwinden?

44

„Mein Name ist Hartmann, ich möchte eine Vermisstenanzeige aufgeben."

„Ich muss sie leider bitten persönlich vorbeizukommen, da Sie die Anzeige auch unterschreiben müssen.", erklärte ihr der Polizeibeamte.

Daraufhin beendete Elsa das Gespräch, legte auf und nahm sich vor, am folgenden Tag zur Polizei zu gehen und die Anzeige aufzugeben.

So ging sie am nächsten Tag erneut zur Polizei und gab die Vermisstenanzeige endgültig auf. Sie hatte es bis jetzt verschoben, als ob sich dieses Problem von allein in Luft auflösen und Georg urplötzlich wieder auftauchen würde.

Der Beamte fragte zunächst nach näheren Umständen.

„Seit wann vermissen Sie Ihren Mann."

„Seit einigen Monaten. Er ging am 13. März dieses Jahres morgens ganz normal zur Arbeit und kam abends nicht mehr nach Hause. Ich habe bei Ihnen und in allen Krankenhäusern angerufen und nachgefragt, ob er eventuell in einen Unfall verwickelt worden war und irgendwo schwerverletzt im Krankenhaus lag."

„Das urtypische Zigarettenholen!", murmelte der Polizeibeamte so vor sich hin.

„Wie bitte?", fragte Elsa nach. Sie konnte nicht nachvollziehen, was der Beamte meinte.

„Ach, sprechen Sie bitte weiter.", forderte er sie auf fortzufahren.

„Zum Glück hat sich das dann doch nicht bestätigt. Nur, er ist bis heute nicht zurückgekehrt und ich weiß nicht, wo er sich befindet und wie ich ihn erreichen oder ausfindig machen kann. Auch ans Handy geht er nicht. Für mich ist der Zustand kaum zu ertragen. Die Ungewissheit nagt an mir. Ich will wissen, was geschehen ist. Und auch die Kinder fragen nach ihm. Was soll ich ihnen denn erzählen? Das ist für mich eine untragbare Situation.", beendete sie.

„Durchaus verständlich.", meinte der Polizeibeamte.

Er holte ein Formular und nahm alle wichtigsten Daten auf, die er brauchte, damit eine Suche nach Georg gestartet werden konnte. Sie ließ auch ein Foto von ihm da.

Sie war erleichtert, das erledigt zu haben. Es gab ihr ein beruhigendes Gefühl und die Hoffnung, dass er gefunden werden würde.

45

Elsa saß am Wochenende allein zu Hause. Ihre Eltern haben zum wiederholten Mal mit ihren Enkeln im Kino den Film „Der Pferdeflüsterer" angesehen. Besondere Themen, vor allem mit Tieren, hatten bei ihren Söhnen zurzeit Vorrang. Es freute sie, dass sie eine gewisse Sensibilität und auch Mitgefühl für Menschen, aber auch für schutzlose Tiere, offenbarten. Auch sie kannte den Film, der ihr gut gefiel.

Heute wollte sie allein sein. Diese Zeit brauchte sie für sich in ihrer trübsinnigen Stimmung, die sie von Zeit zu Zeit heimsuchte und die sie im Alleinsein abzustreifen versuchte. Doch an diesem Tag wollte es ihr nicht gelingen. Elsa saß im Sessel neben dem Sekretär und schaute auf die Bilder, die dort vor ihr standen. Schweigend gab sie sich dem tiefen Kummer ihrer Erinnerungen hin. Der Schmerz zerriss ihr das Herz.

Ein strahlendes Paar blickte ihr dort glücklich entgegen. Das Glück leuchtete ihnen aus den Augen und sie strahlten förmlich von innen heraus. Wie jung sie darauf wirkten, wie ungeheuer glücklich. Die Erinnerung an die damalige Begegnung mit Georg wurde in ihr lebendig. Es schien ihr, als wären seitdem hunderte von Jahren vergangen. Es schien alles so endlos lange her zu sein. Daneben stand ein Bild ihrer beiden Söhne, als sie noch sehr klein waren. Sie lächelten so unschuldig in die Kamera, als könnte ihr Glück niemals getrübt werden.

Tiefe Liebe empfand sie für sie bei ihrem Anblick.

Die Verzweiflung stieg ihr in die Kehle, schnürte sie ihr zu, nahm ihr förmlich die Luft zum atmen. Das Leid, das sie in der letzten Zeit heimsuchte, und die unterdrückte Wut, die sie fortwährend zu zügeln versuchte, überfielen sie mit solch ungeheurer Wucht, die plötzlich nicht mehr zu bremsen war. Zu tief saß die Verletzung, der Schmerz, der sie unentwegt peinigte.

Verzweifelt schrie sie auf. Voller Wut stand sie auf, nahm nacheinander die Bilder vom Sekretär und schmetterte sie zornig gegen die Wand. Auch die Bilder, die an der Wand hingen, nahm sie Eines nach dem Anderen herunter und warf sie zu Boden, zerstörte der Reihe nach alles, was sie an ihre Vergangenheit erinnerte. Sie vernichtete all ihre Erinnerungen.

Ihre Wut war unaufhaltsam und grenzenlos.

Völlig außer sich wollte sie ihre Geschichte, die ihr bis jetzt alles bedeutete, für immer auslöschen. Aber die Liebe, die sie für Georg immer noch empfand, sie starb nicht. Es gelang ihr nicht, ihn aus ihrem Herzen zu reißen. Die schweren Schatten der vergangenen Zeit wollten sie einfach nicht zur Ruhe kommen lassen. Ihr ganzes Glück, in tausend Stücke zertrümmert, lag als großer Scherbenhaufen vor ihren Füßen. Erst nach dieser schweren Verwüstung kam sie ganz langsam zur Besinnung. Das ganze Ausmaß ihrer Zerstörung sah sie vor sich liegen. Ihr Herz krampfte sich zusammen.

Wie betäubt fiel sie in sich zusammen und weinte leise vor sich hin. Fast wie eine schwere Lawine überrollte sie das Ausmaß ihres Unglücks und schien sie zu lähmen. Endlich jedoch brach sich der tiefe Schmerz seine Bahn.

Wie konnte nur all das geschehen sein?

Sie konnte nicht glauben, in welchen Zustand und welche Situation ihr Leben sie gestürzt hat. Stumpf saß sie da, wurde langsam ruhiger, konnte nicht fassen, was gerade geschehen war. Sie rollte sich im Sessel zusammen und wurde vom leisen Weinen geschüttelt. Wann endlich würde *das* aufhören? Sie wollte zur Ruhe kommen, sie wollte nur Ruhe.

Stille.

Die Anzeige und die Suche nach dem Besitzer des mitgebrachten Hundes von Dennis hatte nichts gebracht. Bis jetzt hat sich noch niemand gemeldet. Dennis war der Einzige, der darüber triumphierte und natürlich das Tier selbst. Er schien sich hier wohlzufühlen. Der Hund war ein sehr liebes Tier. Aber, er machte auch Arbeit und bedeutete Verantwortung und er durfte nicht vergessen werden, er hatte natürlich auch Bedürfnisse.

Der Hund, der zu Hause geblieben war, verkroch sich in die äußerste Ecke, während sie sich ihrer Zerstörungswut hingab. Nachdem sie ruhiger geworden war, kam er langsam zu ihr, stupste sie mit seiner Schnauze und gab ein leises Winseln von sich, während er seinen Kopf in ihren Schoß legte. Mit tränenüberströmtem Gesicht sah sie ihn an. Verstand er, dass sie unglücklich war? Er schien tatsächlich zu verstehen. Sie streckte ihre Hand nach ihm aus und streichelte ihn. Er spürte ihr Elend.

Das spendete Trost.

Es vergingen einige Stunden, die Elsa in diesem Zustand verharrte. Das Chaos ließ sie liegen. Als sie wieder ein wenig zu sich gekommen war, ging sie ins Bad, um sich zu erfrischen. Das hatte sie jetzt dringend nötig. Dann legte sie sich etwas hin. Die Ruhe würde ihr gut tun. Vor lauter Erschöpfung schlief sie schließlich ein.

Durch die Mutter, die in ihr Schlafzimmer kam, wurde sie geweckt.

„Elsa, was ist passiert? Ist alles in Ordnung?", fragte sie flüsternd.

„Ach Mutter, meine Gefühle sind mit mir durchgegangen. In meinem Inneren spüre ich nur noch ein einziges Chaos.", beendete sie ganz leise.

„Bleib liegen, ruh dich aus und schlaf ein wenig. Ich werde unten alles wegräumen."

Sie deckte sie zu, dunkelte das Zimmer ab und verließ es. Elsa schlief bis zum nächsten Morgen durch.

46

Am nächsten Tag blieb sie vormittags zu Hause und gönnte sich eine Pause. Elvira saß noch am Frühstückstisch, als Elsa herunterkam und sich ebenfalls an den Tisch setzte.

„Guten Morgen", begrüßte sie die aufgeregt wirkende Elvira.

„Was war denn gestern mit Dir geschehen? Willst du darüber reden?"

Elsa dachte nach, sie schaute aus dem Küchenfenster in die Ferne. Ihren grünen Garten mit den schönen Büschen, Bäumen und Blüten sah sie nicht. Mit ihrer Antwort ließ sie sich Zeit, bevor sie über das Geschehene des vorherigen Tages zu sprechen begann.

„Ich bin in einem Zustand völliger Verwirrung, es ist alles so unwirklich und ich bin vollkommen durcheinander. Die Wut überfiel mich und wurde so übermächtig, dass ich einfach die Fassung verloren hatte." Sie machte eine kleine Pause, sprach dann langsam weiter.

„Im Geschäft baue ich tagsüber eine Fassade auf und lasse mir nichts anmerken und zu Hause ist es nicht anders. Schon wegen der Kinder darf ich mir nichts anmerken lassen. Für sie muss das Leben in den gewöhnlichen Rhythmus unverändert weiterlaufen. Ich muss stets die Beherrschung in Person bleiben. Das verlangt von mir enorme Kraft.

Ich weiß nicht mehr, woher ich sie manchmal nehmen soll. Diese Ungewissheit nagt an mir, macht mich fertig. Nicht zu wissen, was dahintersteckt und wo sich Georg befindet? Ich weiß nicht mehr ein noch aus in diesem verwirrenden Zustand. Ich hoffe nur, die Wut lässt endlich nach. Heute geht es ein wenig besser."

Dennoch war sie noch immer sehr verwirrt.

„Ich kann dich gut verstehen und die Erregung deiner Gefühle nachvollziehen, Elsa. - Schade um die schönen Fotos. Es sind doch deine Erinnerungen."

Nach einer Pause sprach sie weiter.

„Du hast ganze Arbeit geleistet, das muss ich dir lassen, es war eine unglaubliche Zerstörung, die ich vorgefunden habe. Aber was macht das schon? Nur, ich konnte von deinen Bildern nicht mehr viel retten. Das ist aber im Moment nicht so wichtig. Du und dein Wohlbefinden, das ist mir viel wichtiger als alles andere und bereitet mir Sorge. Lass dir die Zeit, die du jetzt brauchst. Das hilft, dann geht es irgendwann mit Sicherheit wieder aufwärts."

Elsa umarmte ihre Mutter. Ihr Verständnis half ihr, tat ihr gut, erfüllte sie mit großer Dankbarkeit. Elvira, eine robuste, etwas füllige und doch attraktive Frau mittleren Alters, nahm ihre Tochter in den Arm und drückte sie liebevoll an sich. Elsa war glücklich, ihre Eltern zu haben.

Den Vormittag vertrödelte sie und ging dann mittags in ihr Geschäft.

In den nächsten Tagen musste es wieder weitergehen.

47

Über die Worte ihres Vaters dachte Elsa ernsthaft nach. Er hatte Recht, sie musste etwas unternehmen, um herauszubekommen, wo Georg geblieben war und vor allem, was geschehen war. Sie war es sich selbst und den beiden Jungen schuldig, das herauszufinden. - Die Wahrheit! - Die wollte sie wissen. Unter allen Umständen. Konnte sie den Kindern wirklich die Wahrheit sagen, wenn sie sie kannte? Das ist alles leichter gesagt als getan. Sie würde das Bild ihres Vaters zerstören, das sie von ihm hatten, denn sie liebten ihren Vater. Das war ohne jeden Zweifel. Hatte sie das Recht dazu und wollte sie das auch?

Es stellten sich Fragen über Fragen.

Diese Fragen würden sich später stellen, sagte sie sich. Im Moment ging es einzig und allein darum, was wirklich geschehen war in Erfahrung zu bringen. Und das musste sie herausfinden, damit Ruhe einkehren konnte und sie alle ihren Frieden fanden, um weiterzuleben. Das konnte sie aber nur, wenn sie eine Detektei damit beauftragte, um Georgs Aufenthaltsort herauszufinden.

Diese Leute hatten Erfahrung und wussten, wie man Geheimnissen auf die Spur kommt. Ihr Entschluss stand fest. Sie suchte sich im Internet ein Detektivbüro aus, das mit ihrem Logo seriös und erfahren auf sie wirkte. Dort fuhr sie am kommenden Nachmittag hin.

Vor dem Eingang des Büros stand groß „Detektivbüro Pritorius". Das Büro war nicht sehr groß und hatte einen

Vorraum. Elsa trat ein und wurde von einer Sekretärin weiter in den nächsten Raum geführt, wo ihr Herr Pritorius schon entgegenkam. Die Regale waren überfüllt mit Ordnern und der massive Schreibtisch war übersät mit wichtigen Unterlagen, an denen er arbeitete.

Sie stellte sich vor:

„Mein Name ist Hartmann." Herr Pritorius stellte sich ebenfalls kurz vor.

„Was führt Sie zu mir?"

„Die Angelegenheit ist etwas prekär. Ich möchte, dass Sie herausbekommen, was mit meinem Mann geschehen ist. Er ging vor vier Monaten zur Arbeit und kam danach nicht mehr nach Hause. Hier ist ein Bild von ihm mit weiteren Informationen zu seiner Person. Er verschwand und ich konnte bis jetzt keine Spur von ihm finden. In Krankenhäusern und bei der Polizei habe ich mehrmals nachgeforscht.

Vergeblich!

Ich brauche dringend Gewissheit. So kann ich nicht weiterleben."

„Das kann ich durchaus verstehen. Ich werde mich bemühen, das herauszubekommen und melde mich, sobald wir etwas wissen. Machen Sie sich keine Sorgen, wir werden ihn aufspüren und der Sache auf den Grund gehen."

„Ich hoffe es und warte Ihren Bericht ab.", meinte sie vertrauensvoll. Nachdem sie die Informationen über Georg durchgegangen waren, verabschiedete sie sich und verließ das Büro.

48

Nach diesem schweren unüberschaubaren Wochenende ging es ihr etwas besser. Die Sonne ging am nächsten Tag an einem wunderschön blauen Himmel auf und verhieß für den ganzen Tag ein herrliches Wetter. Sie bekam die neue Herbst-/ Winter-Kollektion, die sie bestellt hatte. Es gab viel zu tun. Die Sommerkollektion musste für den Verkauf mit reduzierten Preisen neu ausgezeichnet werden, damit sich die Reste leichter verkaufen ließen. Der Sommerschlussverkauf begann. Die neue Kollektion musste im Laden mit Preisschildern versehen, ausgewechselt und in den Regalen verstaut werden.

In diesen Trubel kam der BMW-Fahrer zum wiederholten Mal ins Geschäft. In vorherigen Telefongesprächen hatten sie die Versicherungen ausgetauscht, damit er seinen Schaden reparieren lassen konnte. Aber nun kam er in ihren Laden.

„Hallo Frau Hartmann, ich hoffe, ich störe Sie nicht bei Ihrer Arbeit."

„Wie Sie sehen ist gerade heute eine große Lieferung der neuen Winterkollektion gekommen. Hier herrscht großes Durcheinander, und wir haben eine Menge zu tun. Worum geht es denn? Gibt es etwa Schwierigkeiten mit der Versicherung bei der Regulierung des Unfalls?", fragte sie nach.

„Nein, mit der Regulierung durch die Versicherung läuft alles reibungslos. Nein, das ist es nicht. Wann haben Sie denn mal Zeit? Ich würde gern mit Ihnen mal einen Kaffee trinken oder Sie zum Essen einladen.", fiel er mit der Tür ins Haus.

Sie sah ihn ganz verdutzt an. Mit einer Einladung hatte sie nicht gerechnet. Das kam sehr überraschend für sie.

„Zurzeit bin ich mit Arbeit zugedeckt. Vielleicht ein anderes Mal. Ich weiß im Moment nicht, wo mir der Kopf steht. Zu Hause warten noch meine beiden Söhne auf mich, also ich fürchte, es geht nicht." Sie verschanzte sich hinter ihren Kindern und ihrer Arbeit.

Für neue Bekanntschaften war sie im Augenblick nicht empfänglich.

„Ich verstehe, aber ich komme wieder, so schnell werden Sie mich nicht los.", meinte er spitzbübisch und setzte ein nettes Lächeln auf. Damit verschwand er aus ihrem Geschäft. Ihre Aushilfe, die auch zugegen war, fragte sehr interessiert:

„Wer war denn *das*? Er war ja sehr nett! Der wirbt sehr ernst um Sie. Lassen Sie sich den nicht entgehen.", meinte sie sehr ernsthaft. Er hatte offensichtlich einen guten Eindruck hinterlassen.

Mit der Auszeichnung der neuen Kollektion waren sie noch lange nicht fertig. Sie würden in den nächsten Tagen damit noch reichlich zu tun haben.

Das war im Frühjahr und im Herbst immer mit viel Arbeit verbunden. Aber nicht nur das. Sie arbeitete mit einem Studio zusammen, das von ihr beauftragt war, regelmäßig im Frühjahr und im Herbst eine Modenshow bei ihr im Geschäft zu veranstalten. Ein Querschnitt durch ihre neue Kollektion wurde in einer einstündigen Show, dreimal an einem Tag von den Models der Agentur, vorgeführt.

An solchen Tagen war bei ihr im Laden die Hölle los. Die Einladungskarten für die Show mussten vorab schon rechtzeitig verschickt werden, um ihre Kundinnen darüber zu informieren und auf die Modenshow aufmerksam zu machen. Der Vorführung der Kollektion für den kommenden Winter stand nun nichts mehr im Wege. Die Kundinnen folgten ihrer Einladung gerne und ließen sich bei Feingebäck und Champagner verwöhnen und sich die neue Ware und die ausgesuchten Ensembles vorführen.

An diesen Tagen machte sie ein besonders gutes Geschäft. Aber an solchen Tagen war auch reichlich viel zu tun. Selbst noch an den Tagen danach, wenn alles vorüber war, kamen nach dem ganzen Trubel viele Kundinnen ins Geschäft und ließen sich in aller Ruhe gerne beim Kauf der neuen Garderobe von ihr beraten.

49

Mitten in eine solche Veranstaltung platzte wieder ein Anruf von ihrem Verehrer. Er bewies tatsächlich Ausdauer
und ließ nicht locker. Sein Name war Schulte, Ralf Schulte.

„Wie sieht es denn bei Ihnen aus, hätten Sie morgen
Abend Zeit, mit mir auszugehen?"

„Wir müssen es noch ein wenig verschieben. Die neue
Kollektion wird bei mir im Geschäft vorgeführt. Das muss
alles wie am Schnürchen laufen. Bevor das nicht beendet
ist, kann ich leider Ihre Einladung nicht annehmen. Ich
habe kaum Zeit für irgendetwas anderes. Es tut mir sehr
leid. Ich habe schon ein schlechtes Gewissen, weil ich Sie
immer vertröste."

„Ich kann warten und mich in Geduld fassen. Ich wünsche Ihnen bei Ihrer Veranstaltung viel Erfolg. Ich melde
mich wieder.", beendete er das Gespräch.

An diesen Tagen war sie sehr erschöpft, wenn sie abends
aus dem Geschäft nach Hause kam. Ihre Familie wartete
schon auf sie. Der Hund kam ihr entgegen und begrüßte
sie. Wie sehr sich Tiere freuen konnten. Es war erstaunlich.

„Dennis, war der Hund schon draußen, warst du schon
mit ihm spazieren?", fragte sie sicherheitshalber nach.

„Der war schon draußen. Wir hatten viel Spaß. Stell dir
vor, ich werfe ihm Stöckchen und gebe ihm den Befehl
‚Apport'. Das heißt so viel wie ‚bringe es her!' und er ap-

portiert. Ich bringe ihm einige Kunststücke bei. Er ist sehr klug. Es macht ihm Spaß."

„Das ist sehr schön, dann habt ihr beiden viel Spaß miteinander. Halte ihn aber an der Leine, damit nichts passiert, Dennis. Ich möchte keinen Ärger.", erwiderte Elsa.

„Na klar, das versteht sich doch von selbst.", gab er altklug von sich.

Elvira, die Seele der Familie, hat schon das Essen vorbereitet. Sie konnten sich an den Tisch setzen. Es wurde gegessen.

„Michael, was macht die Schule, habt ihr eure Deutscharbeit schon zurückbekommen.", wollte Elsa wissen.

„Nein, die bekommen wir vermutlich erst morgen.", antwortete er gelassen.

„Dennis, wie läuft es bei dir in der Schule.", wollte Elsa auch von Dennis wissen.

„Ja, es geht eigentlich ganz gut voran." Elsa horchte auf.

„Gibt es etwas Neues, das ich wissen sollte?" Sie sah Dennis stirnrunzelnd an.

„Nein, ich habe mich wirklich verbessert und passe auch während des Unterrichts auf. Nur ganz so gut wie Michael bin ich noch nicht. Ich gebe mir aber große Mühe.", versicherte er fest.

„Dann ist es ja gut. Das Zeugnis wird schon deine Leistungen treffend zeigen, da kannst du nichts verheimlichen. Du weißt ja, sonst musst du die Klasse wiederholen."

Sie dachte darüber nach, dass sie seine Lehrerin, Frau Wohlhaupt, mal anrufen müsste.

Nun, die Klasse wiederholen, das wäre nicht das Schlimmste. Viele große Leute haben eine „Ehrenrunde" gedreht und aus ihnen ist doch noch etwas Besonderes geworden. Bei

Dennis war sie nicht immer ganz sicher, dass alles in Ordnung war. Aber, wenn etwas Außergewöhnliches wäre, würde sich die Lehrerin schon gemeldet haben. Dessen war sie ganz sicher. So war sie dann doch etwas gelassener.

Seit der Hund da war, war Dennis ruhiger und ausgeglichener geworden. Die Ausrutscher mit dem Herumstreunen hat seitdem nachgelassen. Er hat eine Aufgabe, die bereitet ihm Freude. Der Hund hatte auf ihn einen guten Einfluss.

Sie hoffte, es blieb so.

50

Der Betrieb in ihrem Laden hatte nun etwas nachgelassen und sie hatte ein gutes Geschäft gemacht. Ihre Freundin kam sie besuchen, um zu sehen, wie es ihr erging. Sie hatten eine geruhsame Stunde in ihrem Laden ganz für sich. So konnten sie gemeinsam einen Cappuccino genießen.

„Bei uns im Club findet demnächst eine große Feier statt. Alle fragen nach dir, alle in der Gruppe würden sich freuen, wenn du auch kommen würdest. Sie haben lange von dir nichts mehr gehört, so rar hast du dich gemacht. Komm einfach zu unserer Feier. Du wirst Ablenkung finden. Ich würde mich für dich freuen. Du kapselst dich viel zu sehr ab. Du musst auch mal unter die Leute, die Abwechslung wird dir Entspannung bringen und du schöpfst daraus wieder neue Kraft."

„In meiner inneren Verfassung bin ich überhaupt noch nicht so weit. Die Geschichte mit Georg hat mich sehr mitgenommen. Letztens habe ich einen völligen Zusammenbruch erlitten. Du kannst dir das nicht vorstellen, das hat mich tief abstürzen lassen. Ich habe mich selbst nicht mehr wiedererkannt. Die Verzweiflung, der tiefe Schmerz in meinem Herzen. Wenn ich meine Eltern nicht hätte, ich weiß nicht, was ich tun würde? Sie helfen, wo sie können und haben Verständnis für meine Lage. Manchmal ist es sehr schwer für mich, damit zurechtzukommen. Ich möchte alles hinter mir lassen, aber es lässt mich nicht los. Alles ist noch zu frisch. Da sind meine Kinder, die mich brauchen, das gibt mir Kraft, den Antrieb, weiterzumachen und nicht zu verzagen. Die Ereignisse haben jedoch tiefe Spuren hinterlassen, tiefe, schwerwiegende Spuren. Iris, du weißt nicht, wie sich das anfühlt. Du musst auf niemanden Rücksicht nehmen."

„Du wirst irgendwann darüber hinwegkommen, glaub mir. Die Zeit heilt Wunden und wird Wunder vollbringen.", erwiderte ihre Freundin.

„Es ist einfach noch zu frisch, ich brauche Zeit. Ja, nur die Zeit kann das richten", beendete Elsa.

„Dann lass uns heute wieder Tennis spielen. Das letzte Mal hat dir der Sport sehr gut getan. Etwas Ablenkung kann dir nicht schaden."

„Ich werde nach Feierabend kommen, ich verspreche es." Dann sprach sie weiter:

„Das habe ich dir noch gar nicht erzählt. Ich habe letztens ein Detektivbüro aufgesucht und den Auftrag vergeben, nach Georg zu suchen. Ich brauche endlich Gewissheit, was mit ihm geschehen ist. Ich habe mich dabei wirklich schlecht gefüllt."

„Das ist eine ausgesprochen gute Idee, dann bekommst du endlich Klarheit. Ich lasse mich überraschen, ob sie ihm auf die Spur kommen."

„Hoffentlich sind sie etwas erfolgreicher als die Polizei."

„Ich werde demnächst verreisen. Ich fahre ins Sauerland und werde dort Urlaub machen. Dort lässt sich sehr gut wandern. Du weißt ja, ich laufe gern. Die Natur, die schöne Gegend und die wunderbare Luft dort, das liebe ich. Willst du vielleicht mitfahren? Ein Zimmer bekommen wir ganz sicher noch. Was hältst du davon?", fragte sie Iris.

„Mit den Kindern geht es zurzeit nicht, das ist einfach unmöglich. Das weißt du doch. Sonst würde ich gerne mitgehen."

„Nun gut. Ich will dich wirklich nicht bedrängen. Du musst selbst spüren, wann du für dich eine Auszeit brauchst. Wenn du es dir überlegen solltest, sag mir Bescheid. Bis nachher."

Iris stand auf, verabschiedete sich, küsste Elsa auf beide Wangen und verschwand aus ihrem Laden.

Es sind zwei Wochen verstrichen, seitdem Ralf bei Elsa im Geschäft war und zum ersten Mal eine Einladung ausgesprochen hatte. Bis jetzt hat sie jede Einladung von ihm ausgeschlagen. Eine plausible Erklärung dafür fiel ihr immer wieder aufs Neue ein. Ralf mochte Elsa sehr, er wollte sie wiedersehen. Er sah sie immer noch vor seinem inneren Auge vor sich, damals, als der Unfall geschah. Furchtbar in Eile, etwas unsicher, fahrig und sehr nervös, stand sie damals vor ihm völlig unter Dampf, wollte unter allen Umständen sofort die Schuld an diesem unglücklichen Unfall auf sich nehmen, als sie ihn aus der Parklücke beim Rückwärtssetzen übersehen hatte. Schnell musste es gehen. Dann war es passiert. Sie sah so entzückend, verwirrt und unschuldig zugleich aus. Er sah sie immer noch mit diesem unwiderstehlichen Gesichtsausdruck vor sich stehen. Das schulterlange, naturblonde Haar fiel ihr auf die Schultern und einige widerspenstige Strähnen fielen ihr ins Gesicht. Sehr angespannt und ernst stand sie vor ihm. Er träumte vor sich hin. Elsa hatte es ihm angetan. Er rief zum wiederholten Mal an.

„Guten Tag Frau Hartmann, ich würde Sie heute Abend gerne zum Essen einladen. Geben Sie mir die Ehre für den heutigen Abend." Elsa stutzte.

„Heute gehe ich zum Training, aber morgen wäre es möglich. Da hätte ich Zeit", schloss sie.

„Also gut, ich hole Sie morgen ab. Ich freue mich."

Abends, nach dem Tennis-Match, bei dem sich Elsa wieder vollkommen verausgabt hatte, setzten sich Elsa und Iris mit einer Tasse Tee zusammen und ließen den sportlichen Abend gemächlich ausklingen.

„Dennis hat vor zwei Woche einen Hund nach Hause gebracht. Er wäre ihm einfach gefolgt. Wir haben bei uns in der Umgebung überall einige Plakate durch Handblätter verteilt und aufgehängt und auch eine Anzeige aufgegeben, dass uns ein Hund zugelaufen war, mit der Nachfrage, von wem er vermisst wird. Wir suchen den Besitzer. Ohne Erfolg. Bis jetzt hat sich noch niemand gemeldet. Es ist ein ausgesprochen schönes Tier. Aber merkwürdig ist es schon, dass ein Tier wegläuft. Es sieht so aus, dass wir den wohl behalten. Dennis will ihn unbedingt behalten. So lange er für ihn sorgt, ist es auch in Ordnung. Wir warten noch ab, vielleicht meldet sich doch noch jemand. Im Tierheim haben wir auch Bescheid gegeben, falls dort der Besitzer nachfragen sollte."

„Wie ist es mit der großen Feier in unserem Club, wirst du kommen?", erkundigte sich Iris.

„Ich habe mich entschlossen zu kommen. Ich muss mich ein wenig freischwimmen, um auf andere Gedanken zu kommen.", meinte Elsa.

„Im übrigem treffe ich mich morgen mit dem Herrn Schulte. Er hat mich zum Essen eingeladen."

„Das ist ja eine große Überraschung. Du machst Fortschritte, gratuliere." Iris war sehr zufrieden, dass ihre Freundin nun doch in Bewegung kam.

Sie beendeten den gemeinsamen Abend und verabschiedeten sich. Sie würde Iris für zwei Wochen nicht sehen, da sie in den Urlaub fuhr.

51

Nach der Vorführung der Modenshow ließ der Ansturm erst ein wenig nach. Die Konjunktur hielt allerdings unverändert an. Viele Kundinnen warteten den großen Ansturm erst einmal ab, bis er sich gelegt hat, um in aller Ruhe die Anprobe in ihrem Geschäft zu tätigen und ihren Rat und Fachkenntnis in Anspruch zu nehmen. In aller Ruhe und Bedacht sollte die Garderobe für den Winter zusammengestellt werden. Die Kundinnen legten sehr viel Wert darauf, sich von ihr persönlich fachmännisch beraten zu lassen, was die Farbe, den Stil, die Form und den Sitz der Kleidung an ihnen selbst betraf.

Elsa hatte nicht nur einen guten Geschmack, nein, auch ein gutes Auge, was zu jeder einzelnen Kundin gut passte, was für sie vorteilhaft war und worin sie besonders gut aussahen. Es ging sogar soweit, dass Elsa gezwungen war, Termine zu vergeben, damit sie sich jeder Kundin mit viel Aufmerksamkeit widmen konnte. Die Damen schätzten ihr Vorgehen und auch ihre gute fachmännische Beratung. Sie nahm sich für jede Einzelne genügend Zeit.
Diese Tage und auch die folgenden verliefen uneingeschränkt für einige Wochen auf Terminvergabe und Elsa war dementsprechend abermals ausgebucht. Sie hatte kaum eine Pause, was wiederum willkommen war. Das waren Phasen, in denen sie auch ihre Aushilfe dringend benötigte.

Sie waren schon oft vorzeitig im Laden und warteten, bis die jeweilige Kundin zu Ende geschoppt hatte und mit vielen beladenen Einkaufstüten den Laden verließ. Auf diese Weise machte ihr die Arbeit viel Freude.

Auch Elsa verspürte Zufriedenheit, wenn ihre Kundinnen gut bedient und beraten das Geschäft vierließen. Sie kamen gerne wieder. So stellte sie sich den Service vor, der allerdings dazugehörte.

Sehr glücklich mit sich selbst ging sie an diesem Abend nach getaner Arbeit nach Hause.

„Hallo ihr Lieben!", begrüßte sie die Kinder und die Eltern, die schon auf sie warteten. Elvira hatte bereits das Essen vorbereitet.

„Wir können gleich essen.", meinte sie.

„Heute ist es aber spät geworden."

„Ach, ich habe völlig vergessen, ich esse heute nicht mit euch. Ich habe die Einladung vom Herrn Schulte gestern angenommen. Ich muss mich schnell umziehen, bin schon sehr spät dran. Ich habe ihn schon eine ganze Weile vertröstet und diese Verabredung hinausgeschoben. Im Laden gab es auch heute wieder viel zu tun. Jede Kundin wollte von mir persönlich bedient werden. Karin war auch da und hat ausgeholfen. Du weißt ja, wie eigen einige Damen sein können. Ich weiß nicht, wie spät es wird. Wartet also nicht auf mich. Wir sehen uns morgen."

Sie wartete keine Reaktion ab, lief schnell nach oben, machte sich frisch, duschte schnell, zog etwas Passendes an und machte sich auf den Weg. Elvira sah ihr hinterher.

„Tschüss, bis morgen." Schon war sie aus der Tür.

„Langsam nimmt sie das Leben wieder an. Es wird aber auch Zeit. Sie kann sich nicht nur vergraben."

„Sie wird es schon schaffen, sie hat es ausgesprochen schwer.

Wer möchte so etwas schon erleben."

Verständnis sprach aus Hermanns Worten.

52

Der Wagen von Herrn Schulte, der sie an diesem Abend abholen wollte, stand schon vor der Tür. Sie stieg ein und sie begrüßten sich. Er fuhr los, sagte aber nicht, wohin.

„Wohin fahren wir denn heute?", fragte Elsa neugierig.

„Das soll eine Überraschung werden. Es wird nichts verraten.", meinte er geheimnisvoll.

„Oh, dann werde ich mich gedulden, aber viele Möglichkeiten gibt es ja nicht."

„Vielleicht doch, abwarten!"

Er sah sie unergründlich von der Seite an. Sie fuhren eine Weile, dann ging es in Richtung Essen - Kettwig. Das überraschte sie. Wo konnte er nur hinwollen? Nun, da gab es ein Restaurant mit vorzüglicher französischen Küche. Er wollte anscheinend etwas Außergewöhnliches bieten, nahm sie an.

Als sie in Kettwig waren, fuhr er an der Abbiegung zu diesem Restaurant vorbei und ordnete sich stattdessen an der Ampel links ein. Nun, es blieb spannend und hieß, weiter abwarten. Beide waren still, er wollte offensichtlich nichts verraten. Elsa war inzwischen sehr neugierig geworden. Wo konnte er hinwollen?

„Es ist nicht mehr weit.", ließ er verlauten.

Sie war in großer Erwartung, wohin er sie bringen würde. Nur dort in dieser Richtung kam aber nichts mehr, außer … hm, aber das konnte sie sich nicht annähernd vorstellen, nein, auf keinen Fall.

In dieser scharfen Linkskurve, in der es den Berg hinauf in Richtung Hösel ging, bog er tatsächlich nach rechts ab, in die Anlage und das Gelände des Schlosses Hugenpoet. Die Zufahrt führte durch hohe Bäume, die rechts und links den Weg säumten und in einem Parkplatz mündete. Ein dreiteiliges, von Gräften umgebenes Wasserschloss, das im Essener Stadtteil Kettwig lag. Von der Hauptstraße kaum noch sichtbar, da es von hohen alten Bäumen umgeben und verdeckt wurde und dahinterlag.

Es war ein altes, nicht sehr großes Schloss, von einem Wassergraben umgeben, mit Hotel, Restaurant und Bar, mit einem alten und einem neuen Teil des Hotels, zu dem es im Laufe der Zeit vergrößert wurde. Es befand sich mittendrin in einem wunderschönen Schlosspark, mit einem unverwechselbaren Garten, in einer Oase der Ruhe, Entspannung und der Erholung. Hier offenbarten sie eine vorzügliche Küche, die für gewöhnlich für ganz besondere Gelegenheiten genutzt wurde. So exzellent hatte sie noch niemand ausgeführt. Das war schon etwas ganz Besonderes. Elsa war erstaunt. Aber, konnte er sich denn das leisten?

Dieser Abend würde für ihn sehr teuer werden. Warum nahm er so hohe Kosten auf sich? Wollte er sie beeindrucken? Das war nun doch nicht notwendig. Niemand musste sie mit irgendetwas beeindrucken. Nun wurde ihr doch ein wenig schwindelig.

Ganz ernst und verstohlen warf sie ihm von der Seite einen kurzen Blick zu. Er hielt auf dem Parkplatz vor dem Eingangsbogen.

„Hier war ich noch nicht. Aber ich kenne ein wenig die Geschichte des Schlosses."

Sie stiegen aus dem Wagen, gingen durch den Torbogen und betraten die Brücke, die über den Wassergraben zum Portal des Haupteingangs führte.

Sie wurden in Empfang genommen und begrüßt. Es ging von der Eingangshalle, in die sie getreten waren, in die Bar und weiter ins Restaurant, wo sie beide an einem Tisch direkt am Fenster ihren Platz zugewiesen bekamen. Von hier aus hatten sie einen wunderschönen Ausblick in den Park hinter dem Schloss.

„Wie ich sehen konnte, ist Ihr Wagen schon repariert. Ist mit der Versicherung alles glatt gelaufen?"

„Es war alles zufriedenstellend und ging auch sehr zügig ohne große Probleme."

„So sollte es auch sein, schnell und unkompliziert."

„Ich war an dem betreffenden Tag ziemlich durch den Wind. Es tut mir immer noch sehr leid. Ich habe Sie einfach übersehen. Mein Sohn Dennis hat vor Kurzem einen Hund nach Hause gebracht und ich wollte in der lokalen Zeitung eine Anzeige aufgeben, dass uns ein Hund zugelaufen war. Infolgedessen war ich in Eile, da es kurz vor Redaktionsschluss war. Bis jetzt hat sich wegen des Hundes noch niemand gemeldet."

„Wollen wir uns übrigens nicht duzen? Nenn mich einfach ‚Ralf'."

Er hielt ihr seine Hand entgegen.

„Ich heiße ‚Elsa'." Auch sie streckte ihm ihre Hand entgegen und schüttelte die Seine.

„Ich muss diesem Umstand doch wohl dankbar sein, denn sonst hätte ich dich wahrscheinlich niemals kennengelernt."

Elsa sah aus dem Fenster. Ein schöner Ausblick in den Schlossgarten bot sich ihnen. Bewundernd sahen sie sich den Schlosspark an.

Welche Ruhe dieser Ort ausstrahle.

Nachdem der Ober die bestellten Getränke brachte, entfernte er sich. Sie sahen sich die Speisekarte an.

„Hast du gewählt?"

„Ich schließe mich deiner Bestellung an. Gestalte kulinarisch den heutigen Abend. Ich lasse mich gerne überraschen."

Vertrauensselig verließ sie sich auf seinen guten Geschmack. Während sie auf das bestellte Essen warteten, unterhielten sie sich über die letzten Tage in ihrem Geschäft.

„Es ging in den letzen Wochen ziemlich turbulent bei uns zu. Was machst du eigentlich beruflich."

„Ich bin Architekt. Wir arbeiten zurzeit an einem großen Projekt in der Stadtmitte. Es wird ein großes Krankenhaus gebaut."

„Das hört sich sehr interessant an und nach großer Verantwortung."

„Bis alles fertiggestellt ist, dauert es natürlich. Oft können wir Termine nicht fristgerecht einhalten, wenn das Material nicht termingerecht geliefert wird. Es ist oft mit vielen Hindernissen verbunden. Auf jeden Fall wird man ständig großem Druck ausgesetzt, damit alles gelingt. Wie kommt es, dass eine Frau wie du mit den Kindern alleine lebt."

„Eine gute Frage. Ich bin verheiratet. Doch mein Mann ist vor einigen Monaten spurlos verschwunden und bis jetzt allerdings nicht wieder aufgetaucht. Ich habe eine ziemlich schwere Zeit hinter mir. Es war mir nicht möglich das ganze Ausmaß zunächst zu realisieren."

„Ich verstehe."

So plauderten sie noch weiter, bis der Abend weit fortgeschritten war und sie langsam daran dachten, aufzubrechen.

Er brachte sie wieder zurück zu ihrem Haus und sie verabschiedeten sich.

Beim Abschied reichten sie sich die Hände.

„Es war ein sehr schöner Abend und ich hoffe, den können wir wiederholen. Ich würde dich gerne wiedersehen."

Auch sie reichte ihm die Hand entgegen.

„Es war ein sehr schöner Abend. Auch ich würde mich freuen dich wiederzusehen. Wir sollten uns Zeit lassen und alles langsam angehen und wachsen lassen. Die Ereignisse sind noch zu frisch. Ich brauche Zeit."

„Ich kann warten. Wir haben alle Zeit der Welt. Ich melde mich."

Er sah ihr nach und sie verschwand im Haus.

Still und dunkel lag das Haus vor ihr, als sie eintrat. Ihre Eltern lagen schon im Bett. Eine kleine Tischlampe brannte noch im Wohnzimmer und spendete ein wenig Licht. Der Hund, der im Flur seine Decke liegen und auf ihr seinen Platz hatte, kam zu ihr.

Sie streichelte ihn.

Am nächsten Tag war sie sehr beschwingt. Der Abend davor gab ihr Kraft und ließ sie wieder nach vorne schauen. Sie fasste neuen Lebensmut. Es wurde ihr frei und warm ums Herz. Mit ganz neuem Elan ging sie in ihr Geschäft. Es war nicht mehr alles so trostlos und dunkel wie zuvor.

Da war jemand, der sich sehr um sie bemühte, sich für sie interessierte. Er war sehr nett, sie mochte ihn.

‚Konnte mehr daraus werden? '

Sie wusste es nicht.

53

Dennis kam aus der Schule, war sehr aufgewühlt, erzählte eine höchst interessante, aber auch eine traurige Geschichte, eine Unglaubliche.

„Stellt euch vor, wir haben heute einen neuen Schüler in unsere Klasse bekommen. Er heißt Amar und kommt aus Afghanistan. Der Junge hat uns eine ganze Stunde lang von seinem Leben und von seiner Flucht bis hierher erzählt."

Dennis war sehr erregt, so dass er viel zu schnell sprach und seine Sprache sich regelrecht überschlug.

„Sprich etwas langsamer, Dennis, dann verstehen wir dich sicher besser.", bat Elsa ihren Sohn.

Alle standen ganz gespannt im Esszimmer um den Tisch versammelt, Elvira und Hermann, Michael und Elsa und natürlich Dennis, um seiner Erzählung zu folgen.

Er setzte neu an und berichtete weiter:

„Er war ganz alleine unterwegs. Sein Vater hat lange eisern das Geld gespart, das er verdiente, damit er ihn auf die Flucht schicken konnte. Seine Eltern wurden in seiner Heimat von Terroristen bedroht und verfolgt. Deshalb mussten sie untertauchen. Sie mussten um ihr Leben fürchten. Dann flüchteten sie aus dem Dorf in die Berge und versteckten sich dort. Aber auch da waren sie nicht sicher. Sie wechselten immer wieder den Standort, an dem sie sich aufhielten."

„Das muss aber ein sehr schwieriges und gefährliches Leben gewesen sein! Wovon lebten sie denn in dieser Zeit?", fragte Elvira.

„Der arme Junge, der tut mir so leid. Der Vater ging zeitweise in verschiedene Dörfer, um dort auf dem Markt zu arbeiten. Er musste lange sparen, bis er auf diese Weise das Geld zusammenbekam, damit er seinen Sohn mit auf die Flucht schicken konnte."

„Konnte der Junge die Schule besuchen, war das überhaupt möglich?", warf Hermann ein.

„Leider nicht, aber der Vater hatte eines Tages die Idee, ihn, den Ältesten, auf die Flucht zu schicken. Er sollte nach Deutschland gehen und die Familie irgendwann nachholen."

Er machte eine Pause.

„Er war lange unterwegs. Viele Umwege hat er machen müssen, um es endlich in die Türkei zu schaffen. Dort ist er leider einer bösen Bande in die Hände gefallen. Er wurde dabei von denen zusammengeschlagen, ausgeraubt und das Geld wurde ihm dabei gestohlen. Nun war er mittellos. Natürlich war er sehr traurig darüber. Er wusste nicht, wie es weitergehen sollte."

„Wie konnte er die Flucht fortsetzen?", fragte Michael neugierig.

„Er war erst sehr niedergeschlagen, als er plötzlich ganz mittellos war. Aber dann hat er sich Arbeit gesucht. In einer Wäscherei fand er eine Beschäftigung und arbeitete für sehr wenig Geld. Dort blieb er ein ganzes Jahr und sparte das Geld zusammen, das er brauchte. Er hatte einen sehr langen und beschwerlichen Weg hierher. Er war ganz auf sich allein gestellt. Damit ihm das nicht noch einmal zustoßen würde, hat er sich Gruppen angeschlossen, in denen Familien zusammen waren. Unter denen fühlte er sich sicherer und fand dort einen gewissen Schutz. Er wollte nicht wieder bedroht oder noch einmal ausgeraubt werden."

„Wie alt ist denn der Junge?", wollte Elvira wissen.

„Amar war fast dreizehn, als er von zu Hause fortging. Er wird jetzt erst fünfzehn Jahre alt. Es ist sehr traurig, was er erzählte. Auf dem langen Weg hierher hat er viele Menschen sterben sehen, die es nicht geschafft haben. Wer nicht mehr weiter konnte, ist einfach am Straßenrand liegengeblieben. Niemand hat sich darum gekümmert, ist einfach zurückgeblieben und am Straßenrand verrottet."

Alle waren in eigene Gedanken versunken und dachten über das Gesagte nach. Bei jedem Einzelnen von ihnen haben diese Worte etwas hinterlassen.

Dann setzte Dennis seine Erzählung fort:

„Man muss sich vorstellen, er kann seitdem nicht mehr schlafen. Er leidet an furchtbaren Alpträumen. Seine Erlebnisse von den vielen Toten auf dem langen Weg hierher, die er gesehen hat, verfolgen ihn bis in den Schlaf. Er kann sie nicht loswerden. Nun geht er zur Therapie, um die schweren Erlebnisse zu verarbeiten. Er lebt in einem Heim für Kinder und Jugendliche. Dort kümmert man sich gut um ihn und er ist versorgt. Mum, der Junge tut mir ungeheuer leid.

Dieser lange Weg zu *Fuß*, immer unter dem freien Himmel, jedem Wetter ausgesetzt zu sein, Hunger, Durst und Kälte aushalten zu müssen. Es ist kaum zu glauben, was er alles geschafft und ertragen hat. In seinem Alter, ohne Eltern unterwegs zu sein und ganz allein. Ich bewundere seine

Leistung und auch seinen Mut, den er aufgebracht hatte. Wie er das bloß hat schaffen können?"

„Dennis, das ist ja eine sehr traurige Geschichte, die du uns erzählt hast."

Er überlegte eine geraume Zeit, bis er neu ansetzte:

„Mum, darf er zu uns kommen? Er möchte schnell die deutsche Sprache erlernen. Ich möchte ihm gerne dabei helfen, auch wenn ich nicht der Allerbeste bin in der Schule."

Elsa hatte Tränen in den Augen, war ungeheuer stolz auf ihren Jungen, erhob sich, ging auf Dennis zu und nahm ihn liebevoll in den Arm. Auch ihren Sohn Michael, der daneben stand, drückte sie liebevoll und voller Stolz an sich.

„Das ist eine gute Idee. Ich bin sehr stolz auf dich, dass du ihm helfen willst. Ich bin sehr stolz auf euch beide, wisst ihr das? Ihr seid beide ganz tolle Jungs, mit gutem Herzen auf dem richtigen Fleck."

„Ich sehe jetzt, wie gut es uns hier geht und wie gut wir es alle haben. Warum tun sie das, diese Männer? Warum töten sie? Was sind das für schlimme Männer in diesem furchtbaren Land, die Unschuldige bedrohen und töten. Nicht einmal vor Kindern machen sie Halt."

„Das würden auch wir gerne wissen. Aber das alles ist viel komplizierter, um es in einem Satz erklären zu können. Wir können nur helfen, um das größte Leid dieser Menschen ein wenig zu lindern. Das Elend, das diese Menschen durchmachen müssen, kann niemand beheben und ungeschehen machen."

„Er erzählte, dass schon fast alles zerstört wurde. Es wurde ununterbrochen bombardiert, geschossen, Tag und Nacht,

ohne Pause. Unter den Häusern gab es viele Gräben und Gänge, in denen sie sich versteckt gehalten haben. Aber auch dort waren sie irgendwann nicht mehr sicher. Man hat sie aufgespürt. Was für eine verrohte, schlimme Welt. Sie mussten immer fürchten, aufgedeckt und getötet zu werden. Er weiß nicht einmal, ob seine Eltern noch am Leben sind. Er hat solche Angst um sie. Und es gibt kaum
noch was zu essen. Die Hilfsgüter, die von uns dorthin geschickt werden, kommen nie an. Selbst Krankenhäuser wurden beschossen und bombardiert. Es herrschen furchtbare Zustände. Man kann kaum glauben, wie barbarisch diese Terroristen sind."

Alle dachten über das Gesagte nach. Wie erklärt man jungen Menschen annähernd verständlich einen solch barbarischen Krieg. Elsa versuchte es auf ihre Weise.

„Das ist wirklich ganz entsetzlich. Was das im Ernstfall bedeutet, kann sich hier kaum jemand vorstellen."

Elsa wusste, wie abscheulich das war:

„Krieg ist immer ungerecht und abstoßend mit seinen Gräueltaten und löst niemals die vorgegebenen Probleme. Leider können wir sehr wenig dagegen tun. Ein Krieg fordert immer nur viele unschuldige Opfer und hier ist besonders die zivile Bevölkerung davon extrem betroffen."

Sie bemerkte, wie sehr das Schicksal dieses Jungen ihren Sohn Dennis bewegte und seine ordentliche und geregelte Welt, in der er lebte, zerfallen ließ. Er wurde sehr nachdenklich, aufgewühlt und durcheinander.

Auch ihr Sohn Michael und ihre Eltern hörten diese Geschichte, die Dennis erzählte und waren ebenso betroffen wie sie. Eine solche Geschichte konnte niemanden unberührt lassen. Sie hat alle sehr nachdenklich gestimmt. Über die Lage vor Ort durch die Nachrichten oder Zeitungsberichte informiert zu werden, war etwas anderes, als es von einem Betroffenen persönlich erzählt zu bekommen.

Man glaubt, der Krieg und die damit verbundenen grauenhaften Ereignisse seien so weit weg von uns. Aber das war ein Irrtum. Durch Dennis Bericht rückten sie in unmittelbare Nähe. Das machte alle sehr betroffen und machte allen Angst.

„Wie sehr wir immerzu glauben, unser Friede würde uns fortwährend erhalten bleiben und es könnte sich hier bei uns niemals etwas Ähnliches ereignen. Und doch könnte sich auch bei uns plötzlich und unerwartet etwas gravierend verändern. Der Terror könnte auch zu uns kommen. Auch wir müssen wachsam sein und es auch bleiben."

Nachdenklich sinnierte Michael darüber nach.

„Auch wir können uns nicht sicher sein, unseren Frieden für immer bewahren zu können."

Er verstummte sehr nachdenklich bei diesen düsteren Vorstellungen. Niemand wollte diesen Gedanken heraufbeschwören.

Sehr schweigsam und nachdenklich saßen sie später alle beim Abendessen beisammen und unterhielten sich über belanglose Dinge, die an diesem Tag geschehen waren. Elsa erzählte von ihrem vergangenen Abend, den sie mit Ralf erlebte und dass sie ihn wiedersehen würde. Alle nahmen regen Anteil daran. Auch ihre Söhne nahmen es gut auf und reagierten sehr positiv darauf.

55

Elsa saß auf der Terrasse, sah verträumt in den Garten, Erinnerungen kamen in ihr hoch, sie dachte wehmütig über vergangene Zeiten nach. Einsam und allein saß sie nun hier. Sie betrachtete, ihre Pflanzen, die vielen Sträucher, die verschiedenen Bäume, alles sorgfältig angelegt und gepflegt, wunderschön anzusehen. Dabei dachte sie an Georg. Er hatte schon eine ganz besondere Vorliebe und Leidenschaft entwickelt, für seine Modellfahrzeuge. In seiner Vitrine, die im Arbeitszimmer stand, hatte er eine beträchtliche Sammlung davon stehen. Sie wurden mit besonderer Liebe und grandiosem Stolz von ihm persönlich gehütet und gepflegt. Sie durfte auch sonst niemand, außer ihm, berühren. Sie waren sein Heiligtum. Das war nur seine Aufgabe. Auch Dennis, der Jüngere, sammelte Modellfahrzeuge. Das hatte er wohl von Georg.

Doch er hatte noch eine andere, besondere Leidenschaft, durchfuhr es sie, die sie so manches Mal, damals, zur Weißglut brachte. Jetzt musste sie darüber lächeln. Es hatte doch auch einen gewissen Charme, wenn sie recht überlegte, aber das sah sie erst jetzt.

Wenn sie ihren Garten durchquerte, um sich die einzelnen Pflanzen anzusehen, entdeckte sie sehr oft, von ihm wohl wissend gut versteckt, so manchen Gartenzwerg. Er wusste sehr genau, dass sie die nicht mochte und in ihrem Garten auch keinen davon sehen und dulden wollte.

Trotz Allem hatte er immer mal wieder den Einen oder den Anderen mitgebracht und an verschiedenen Stellen gut versteckt aufgestellt, so dass sie nicht von ihr sofort entdeckt wurden.

Wenn er eine neue Ausführung eines Gartenzwerges irgendwo im Geschäft entdeckte, brachte er ihn heimlich mit. Er konnte dann einfach nicht widerstehen. Er sagte nichts, dann tauchte plötzlich irgendwo unter der einen oder der anderen Pflanze ein Neuer auf, als wär er schon immer da gewesen. An Gartenzwergen konnte er einfach nicht vorbeigehen. Das war wohl seine Besonderheit, doch auch liebenswert, wie sie jetzt empfand. Wenn sie ihn darauf ansprach, tat er so, als wüsste er keineswegs, wovon sie sprach.

Sie brachte es damals zur Verzweiflung. Gartenzwerge waren für sie ein Gräuel. Nun fehlten sie ihr. Sie wäre dankbar, wenn sie wieder einen neuen Gartenzwerg hätte entdecken können.

Ihre Sehnsucht war unbeschreiblich.

Das fehlte ihr.

Sie dachte sehr oft an Georg, wo war er, wie ging es ihm?

Was war eigentlich passiert? - Wo war er geblieben?

Hatte er einen Unfall? - Wusste er nicht, wer er war?

Hatte er sein Gedächtnis verloren?

Warum war er gegangen?

Hatte er ein neues Leben begonnen?

Gab es da eine andere Frau, vielleicht eine neue Liebe?

Ein Mann vielleicht sogar?

War das der neue Reiz in seinem Leben, die Veränderung?

Was hat den Ausschlag dazu gegeben?

Sie verstand das alles nicht.

Sie wollte nur wissen, w a r u m ?

Dann erst konnte sie auch mit diesem Thema abschließen, dann würde sie endlich loslassen können, könnte auch ein neues Leben beginnen und alles hinter sich lassen. Dennoch, wissen wollte sie es, w a r u m ?

Ihr Anspruch:

Die Gewissheit.

Die Gewissheit würde alles erklären.

Wenn man den Beweggrund kannte, dann machte es nicht mehr stumm.

Nichts war mehr bedeutungslos.

Damit könnte man konkret umgehen.

56

Ein Gedanke kam ihr in den Sinn, es war lange her, doch sie erinnerte sich plötzlich, hatte sie doch genau vor ihrem geistigen Auge, folgende Situation:

Sie betrat sein Arbeitszimmer, an dem Tag hatte er ungeheure Schmerzen, er zog sich zurück, hatte aber doch noch Unterlagen aus der Bank mitgebracht, an denen er zu Hause arbeiten wollte.

Zunächst war es ihr gar nicht sofort aufgefallen, warum eigentlich nicht?

Es irritierte sie aber schon damals, sie wusste nur nicht mehr, was es war. Er schrieb in seinen Unterlagen, und nun sah sie es ganz genau vor sich, er schrieb mit seiner linken Hand. Das ihr dieser Gedanke, die Situation gerade jetzt erst auffiel, in den Sinn kam und der Antagonismus erst jetzt für sie erkennbar wurde?

Wie merkwürdig?

Wie war das möglich?

Sie hielt es für bedeutungslos.

Sie war überzeugt, dass er Rechtshänder war. Wieso hat sie das nicht schon früher stutzig gemacht?

Warum erst jetzt?

Die Barrieren fielen, denn nun fiel ihr noch eine ganz andere Gegebenheit ein. Als sie damals das Haus kauften, mussten einige Unterlagen noch unterschrieben werden, um alles unter Dach und Fach zu bringen und es mit einer Unterschrift zu besiegeln. Sie ließ noch einmal in ihren Gedanken die Scene Revue passieren, sie war auch hierbei ganz sicher, das Georg plötzlich mit der linken Hand die Unterschrift leistete.

Sie sah ihn an, war ganz verdutzt. Fragte:

„Schreibst du auch mit links, oder bist du Linkshänder."

Er antwortete ganz entgeistert, wie aus einer anderen Welt:

„Ich kann beides."

Warum kamen erst jetzt all diese Erinnerung bei ihr hoch, wollten ans Tageslicht, waren blitzartig und unerwartet so gegenwärtig?

Das konnte sie sich nicht erklären.

Aber, was nützte diese Erinnerung jetzt noch, und wem denn überhaupt? Das war wohl doch die Frage aller Fragen:

Was stimmte hier nicht?

Was wusste sie nicht?

57

Iris kam aus ihrem Sauerlandurlaub zurück. Sie hatte sich gut erholt. Elsa und Iris trafen sich und besprachen ihre Erlebnisse:

„Elsa, stell dir vor, ich habe jemanden kennengelernt. Er heißt Stephan. Ich bin ganz schön verliebt. Dass es mich so erwischen würde, habe ich mir nicht mehr träumen lassen. Jetzt, mit meinen fast vierzig Jahren. Wer rechnet schon damit in meinem Alter? Ich bin so uneingeschränkt glücklich."

„Also Iris, du tust so, als wärest du schon siebzig. Vierzig ist doch nun wirklich kein Alter! Nun mach mal schön einen Punkt. Du kannst dich in jedem Alter ausnahmslos unsterblich verlieben. Aber, ich freue mich ungeheuer für dich. Jeder braucht etwas fürs Herz. Das ist doch nun mal die Antriebsfeder in unserem Leben. Jemanden, der uns viel bedeutet, an unserer Seite zu haben, für den wir da sein können, oder etwa nicht?"

Sie lachten beide herzhaft auf.

Ihre Freundin war kaum wiederzuerkennen, wie ausgewechselt. Elsa betrachtete Iris eine Weile aus der Ferne. Aber schön war es anzusehen, welche Ausstrahlung von ihr ausging, welche Kraft. Ihre Augen, sie leuchteten und hatten einen gefährlichen Glanz. Sie strahlte *so viel Glück* aus.

Welche geheimnisvolle Kraft die Liebe doch besaß.

Elsa freute diese Tatsache.

„Aber-," fuhr Iris fort,

„du wirst es nicht glauben wollen, was ich dir jetzt erzählen werde. Ich habe deinen Mann gesehen. Wir waren in Winterberg runter ins Dorf gegangen, wo ein Fest veranstaltet wurde. Wir wollten auch daran teilnehmen, uns unter die Leute mischen, was wir auch taten. Da sah ich ihn, in der Menge der vielen Anwesenden, allerdings nur von hinten, aber ich bin felsenfest überzeugt davon, dass er es war. Dafür kenne ich ihn ja gut genug.

Jedoch war er dann im Gewühl der Menschenmenge verschwunden, sonst hätte ich ihn angesprochen. Ich fand und sah ihn danach nicht mehr. Er war zu weit entfernt von mir, als dass ich an ihn herankommen konnte, folglich verschwand er einfach in dem dichten Gedränge. Daher kam es dann nicht mehr dazu."

Elsa wurde plötzlich sehr ernst und ganz blass, es durchfuhr sie bis in Mark und Knochen, was sie da von Iris hörte. Ihr Herz pochte auf einmal fast zum Zerspringen, schnell und heftig, sie wurde sehr aufgeregt. Damit hatte sie nicht gerechnet. Konnte es sein, dass er sich im Sauerland, nicht so weit entfernt von ihnen, aufhielt?

Plötzlich und unverhofft kam sie der Wahrheit näher, ohne es zu ahnen. War er womöglich gar nicht so weit weg?

Sie konnte es kaum glauben.

Würde bald alles aufgedeckt werden können und die Wahrheit ans Tageslicht kommen?

Nichts würde sie sich sehnlicher wünschen.

Diese Ungewissheit war einfach unerträglich.

Sie dachte nach.

Aber natürlich, das machte Sinn.

Es fiel ihr fast wie Schuppen von den Augen. Sauerland war auch die Gegend, in der sie sich sehr oft mit ihren Kindern aufgehalten hatten, als sie noch kleiner waren. An den Wochenenden machten sie oft Ausflüge, die den Kindern sehr viel Freude bereiteten und für sie sehr aufregend waren.

Sie besuchten damals einen Erlebnispark dort, mit beiden Jungen. Es war in der gleichen Richtung, Nähe Paderborn, wo sie auch sehr oft das Wildgehege aufsuchten, in den mit dem Wagen ganz langsam hinein- und durchgefahren werden konnte, woran die Kinder ungeheuren Spaß hatten, die Tiere aus nächster Nähe betrachten zu können. Die Tiere kamen sehr neugierig ganz nah an das Fahrzeug heran. Sie war sicher, das passte, das kann Georg tatsächlich gewesen sein. Sie war innerlich ganz aufgewühlt.

Auch die Kajaktouren unternahmen sie in der Nähe von Paderborn. Das bewegte sich alles im gleichen Umkreis.

Elsa war ganz in ihren Gedanken vertieft und sehr aufgewühlt, als sie erneut von Iris angesprochen wurde.

„Hat die Detektei schon einen Bericht abgegeben oder sich einmal gemeldet? Können sie schon irgendetwas über den Verbleib von Georg sagen, oder haben sie über ihn etwas herausgefunden?"

„Sie haben mir einen Kurzbericht zugeschickt, während du im Urlaub warst, in dem sie mir mitteilten, dass sie bis jetzt noch keine Spur von ihm finden konnten. Das wäre ihnen in der ganzen Berufslaufbahn noch nicht untergekommen, ein solcher Fall.

Doch sie bemühten sich weiter, ihn ausfindig zu machen, ich sollte die Hoffnung trotz allem nicht aufgeben, dass sie diesen Fall lösen und Georg auch finden würden. Ich werde mich mit ihnen in Verbindung setzten und sie davon in Kenntnis setzten, was du mir gerade erzählt hast.", beendete Elsa.

„Das könnte sehr hilfreich sein, wenn sie wissen, wo sie ansetzen sollen."

„Ja, ganz sicher", bestätigte Elsa erneut.

So plauderten sie noch eine Ewigkeit weiter.

Doch mit ihren Gedanken war Elsa nun schon ganz wo anders.

58

Elsa wusste nicht, was mit ihr so plötzlich los war. Ihre Gedanken führten sie an längst vergessene Momente, die absolut keine Bedeutung hatten, nicht damals und auch nicht jetzt, glaubte sie wenigstens bis zum heutigen Tag.

Sie waren nichtssagend, bedeutungslos, Nichtigkeiten.

Und doch kamen sie aus der Tiefe hoch und wollten hier und jetzt ihre Aufmerksamkeit wecken, sie wusste nicht warum. Etwas wollten sie ihr erzählen, das sie bis heute nicht erkennen konnte, aber was?

Plötzlich und unverhofft hatte sie erneut eine Erinnerung vor ihrem geistigen Auge. Sie wachte morgens auf und ging ins Bad.

Als sie wieder ins Schlafzimmer zurückkam, entdeckte sie Georg, der noch im Bett lag und gerade im Begriff war aufzustehen. Als er sich aufsetzen wollte und dazu den Arm als Stütze benutzte, schrie er auf. Er hatte an der linken Hand eine Verletzung, die nicht unerheblich war. Blutig war die Hand, die Knochen schwer aufgeschlagen.

„Wo hast du das her, wie hast du dir das zugezogen? Das sieht sehr böse aus.", fragte sie ihn ganz besorgt.

„Keine Ahnung, ich weiß es nicht. Gestern hatte ich diese Verletzung noch nicht."

Er klang sehr glaubwürdig. Nur, auch sie hatte nichts bemerkt. Doch er wusste nicht, woher die Verletzung stammte.

Sie fand diese Geschichte damals sehr merkwürdig.

Dann gab es da noch ein ganz anderes Kuriosum. Auch dieses Erlebnis war schon lange Vergangenheit, lag weit zurück.

Georg sagte ihr am Tag davor, er würde sich am nächsten Tag nach Feierabend mit Max treffen und mit ihm zum Training gehen. Wenn er sich mit seinen Freunden traf, war er meistens den ganzen Abend abwesend und kam erst spät nach Hause. Sie saß den ganzen Abend alleine zu Hause und vertrieb sich die Zeit auf andere Weise. Am nächsten Tag rief gegen Abend überraschenderweise Max bei ihr an:

„Hallo Elsa, ich würde gern mit Georg sprechen."

„Georg ist nicht hier, ich nahm an, ihr beide verbringt den heutigen Abend gemeinsam. Ist er nicht bei dir?"

Sie war überrascht.

„Nein, nicht heute Abend, wir wollten für morgen etwas absprechen. Deshalb rufe ich an."

„Seltsam, vielleicht hat er nur eure Namen verwechselt, oder ich habe etwas falsch verstanden. Ich habe keine Ahnung, wo er sich aufhält."

„Sag ihm, er möchte mich anrufen, wenn er wieder da ist."

„Ich werde es ihm ausrichten."

Nachdem das Gespräch beendet war, war Elsa sehr betreten. Sie verstand den Anlass des Gesprächs nicht. Hatte Georg Geheimnisse vor ihr? Was war denn das immer mal wieder?

Sie konnte sich das nicht erklären.

Als er spät abends wie gewohnt zurückkam, fragte sie natürlich, wo er war.

Er konnte es ihr nicht sagen. Doch das glaubte sie ihm nicht, auch wenn es glaubwürdig herüberkam. Sie hatten sich deswegen furchtbar gestritten. Es ging weit bis nach Mitternacht. Sie vermutete, eine andere Frau würde dahinterstecken, er hatte womöglich eine neue Beziehung. Er leugnete vehement. Sie wusste nicht, was sie davon halten sollte. Es war einfach zum Verrücktwerden. Sie kamen beide auf keinen gemeinsamen Nenner. Ohne diese Situation auszudiskutieren und der Sache auf den Grund zu kommen, gingen sie beide unzufrieden schlafen. Sie nahm in dieser Nacht ihr Bettzeug und verzog sich ins Wohnzimmer auf das Sofa. Und das passierte ausgerechnet ihr. Sie war damals einfach völlig am Ende.

Sie wusste nicht, was mir ihr los war. Unentwegt gingen ihre Gedanken ihre eigenen Wege. Sie verselbstständigten sich, es kamen neue Erinnerungen, sie überfluteten sie, als wollten sie ihr etwas Wichtiges mitteilen und offenbaren. Dann fiel es ihr ein, damals, als er wieder zur Fortbildung war, sollte er am Wochenende, an einem Sonntag, wieder zu Hause sein. Aber, wer nicht kam, war Georg. Elsa machte sich große Sorgen, er kehrt einfach nicht zurück. Es konnte ja was passiert sein, vielleicht ein Unfall oder noch etwas Schlimmeres. Er hätte sonst angerufen, das tat er immer, wenn etwas Außergewöhnliches dazwischen kam. Auf Georg konnte sie sich immer verlassen. Aber an dem Tag kam er nicht. Zwei Tage später kam er nach Hause, als wäre nichts geschehen, als wäre all das ganz normal. Nachdem sie ihn fragte:

„Wo bist du gewesen, diese zwei weiteren Tage, ohne ein

Lebenszeichen?", sah er sie ganz entgeistert an, wusste nicht, was sie von ihm wollte. Für ihn war alles in bester Ordnung, er war sich keiner Schuld bewusst.

„Was meinst du?"; fragte er verwundert, als würde sie etwas erfinden.

„Du hast nicht einmal angerufen, damit ich mir keine Sorgen machen muss!"

„Es gab doch keinen Grund dafür. Ich weiß gar nicht, was du willst?", meinte er aufgebracht.

Dann verließ er das Zimmer und ging. Sie konnte die Angelegenheit nicht aufklären. Er machte zu, es war nichts zu machen. Es gab Momente, da konnte mit ihm nicht einmal darüber diskutiert werden. Er machte dicht, verließ einfach die Bühne und ließ sie damit allein stehen. Egal, wie aufgebracht sie war.

An dieser Stelle war sie eines Tages so weit, das ihr klar wurde, hier stimmte mit ihm irgendetwas ganz Entscheidendes nicht. Aber was konnte es sein? Dahinter war sie damals noch nicht gekommen, dafür gab es keine plausible Erklärung. Es kam immer nur zu Phasen, in denen er sich anders verhielt. Dann trat er ganz unvermittelt wieder ganz normal und unverändert auf, es gab keine besonderen Auffälligkeiten.

Die ganze Angelegenheit war so abstrakt, einfach absurd.

Aber, all das hat sie schon ganz verdrängt, vergessen, verbannt.

59

Elsa rief das Detektivbüro an. Herr Pritorius meldete sich am anderen Ende der Leitung.

„Hartmann am Apparat, guten Tag, Herr Pritorius. Ich habe Ihnen etwas Neues mitzuteilen. Sie haben mir im Bericht mitgeteilt, noch keine Ergebnisse von Bedeutung herausgefunden zu haben.
Nun kam die Tage meine Freundin aus dem Urlaub. Sie war im Sauerland und erzählte mir, sie hätte meinen Mann dort in dem kleinen Ort Winterberg gesehen."

„Das ist ja sehr interessant. Sie haben Recht: Bis jetzt konnten wir keine Spur von ihm finden.", schloss Pritorius.

„Ich dachte, sie könnten diesen Hinweis gebrauchen und könnten die Suche in dieser Gegend weiter fortsetzen."

„Da bin ich ganz Ihrer Meinung. Das wird uns auf jeden Fall weiterhelfen. Möchte mich für Ihren Hinweis bedanken. Sobald wir neue Erkenntnisse haben, werden wir uns bei Ihnen melden." Elsa beendete das Gespräch mit Herrn Pritorius und hoffte innständig, bald etwas Neues zu erfahren.

60

Seit Langem stand die Einladung der Mitglieder im Club im Raum, dem sie zwar immer noch angehörte, sich aber seit längerer Zeit ferngehalten hat. Aus Zeitgründen, auch aus Desinteresse nach den Ereignissen, die eine Veränderung gebracht hatten. Iris hat sie sehr bearbeitet, damit sie zu diesem Fest kam. Derzeit waren die Ereignisse soweit verblasst, dass sie daran auch mit Freude teilnehmen konnte. Und alle vermissten sie schon seit Langem. Seit Georg verschwunden war, war sie in ein sehr tiefes Loch abgestürzt. Davon konnte sie sich nicht so schnell befreien. Es tat ihr leid, sie alle enttäuscht zu haben. Aber, sie glaubte, die meisten konnten verstehen, wie ihr zu Mute war.

Sie wurde begeistert von den Clubmitgliedern empfangen und sie freuten sich, dass sie sich den Ruck geben konnte, um an diesem Fest teilzunehmen.

Sie kamen auf sie zu, begrüßten sie alle nacheinander.

„Ein Hallo!" hier, und „Wie geht es dir?" dort.

Eine herzliche Umarmung reihte sich an die Andere. Auch Max mit seiner Frau Christina war mit. Beide begrüßten sie innig, sie waren befreundet. Sie nahmen sie gleich in Beschlag und setzten sich mit ihr zusammen an einen Tisch. Christina erkundigte sich, wie es ihr ergehe, so allein, davon wussten inzwischen alle.

„Wie geht es dir nach all den Turbulenzen, die du hinter dir hast?"

„Ich muss gestehen, dass es mir jetzt recht gut geht, im Vergleich zum Anfang. Ich kann mich nicht beklagen. Allerdings habe ich verdammt schwere Zeiten hinter mir. Es sind nun langsam an die elf Monate seitdem vergangen.

Ich konnte damals gar nicht begreifen, was passiert war. Es hat mich ziemlich schwer abstürzen lassen. Ich glaube, das kann sich niemand nur annähernd vorstellen. Für mich ist meine heile Welt damals zusammengebrochen.", beendete sie ihre Ausführung.

„Ich kann mir das schon vorstellen. Wir Frauen sind ohnehin etwas emotionaler, was unsere Gefühle anbelangt, als Männer. Die Familie hat für uns einen ganz besonderen Stellenwert. So eine Geschichte lässt keinen unberührt. Hast du von Georg schon etwas gehört, gibt es irgendetwas Neues über ihn?", wollte Christina wissen.

„Leider nein, sie haben überhaupt noch nichts über ihn herausgefunden und von ihm selbst gab es noch keinen Kontakt und keine Meldung. Ich tappe noch völlig im Dunkeln.", antwortete sie abschließend.

„Ich möchte nur eines wissen, was passiert ist, was war der Grund, oder was war der Auslöser, einfach nur:

w a r u m ?

Dann werde ich damit abschließen können. Diese Ungewissheit? Ich bin froh, dass meine Söhne das einigermaßen unbeschadet überstanden haben und jetzt nicht mehr so sehr leiden und so viele Fragen stellen. Ich musste auch ihnen Antworten geben, aber wie konnte ich ihnen antworten, wenn ich selbst auf eine Aufklärung wartete, aber niemand da war, um sie mir zukommen zu lassen."

Eine Pause entstand.

Die Musik setzte an. Es konnte getanzt werden. Es war noch zu früh am Abend, es tanzte noch niemand. Alle waren in Gespräche vertieft, alle hatten sich viel zu erzählen. Das Buffet war längst eröffnet. Nacheinander bedienten sich die Anwesenden am Buffet. Elsa genoss den Abend, die Gesellschaft ihrer Freunde, das Mitgefühl an ihrem lastenden Schicksal, und die Bestätigung, wie gut sie alles gemeistert hätte. Es tat ihr gut, sich darüber auszusprechen. Es machte Mut aufgemuntert zu werden.

Irgendwann setzte sich Max an ihre Seite, der ihr bis dahin gegenübersaß.

„Vor Georgs Operation war er mehrfach bei mir in der Praxis, das weißt du ja sicher. Dann kam er kurz vor der Operation noch einmal zu mir, schilderte mir etwas seltsame Symptome, die ich nicht ganz einordnen konnte. Die Vermutung lag nahe, dass er etwas depressiv sein konnte oder auch noch etwas Anderes vorhanden war. So gab ich Georg die Telefonnummer eines Psychologen, mit dem Rat, doch mal dort hinzugehen.

Was ist daraus geworden?

Weißt du etwas darüber?"

Elsa war erstaunt darüber, was ihr Max erzählte.

„Das ist ganz neu für mich. Darüber hat Georg mir nichts erzählt. Er hatte zu der Zeit so starke Schmerzen, dass er sich nur noch zurückgezogen hat. Ich ließ ihm seine Ruhe, er wusste zum Schluss nicht, wohin mit sich selbst und wie er seine Schmerzen bis zur Operation überhaupt ertragen sollte."

„Soviel ich weiß, hat er noch ein Antidepressivum bekommen, um diese schwere Zeit zu überstehen. War er danach noch weiter in Behandlung?"

Sie überlegte eine Weile.

„Das ist sehr überraschend und neu für mich, was du mir erzählst, Max. Es erstaunt mich, ich weiß darüber nichts, das ist für mich ganz fremd, aber, da kommen seltsame Fakten zusammen, wenn ich recht überlege, werfen so ein völlig neues Bild auf die gesamte Geschichte, seinen Gesundheitszustand, sein Verhalten, wie ich finde. Gerne würde ich Genaueres darüber wissen, fragt sich nur, wie das zu erfahren ist? Ines war letztens im Sauerland, sie machte dort eine erstaunliche Entdeckung. Sie ist überzeugt davon, dass sie ihn dort in einem Ort, in Winterberg, gesehen hat. Er war anschließend in der Menge verschwunden, sodass sie sich mit ihm nicht unterhalten konnte. Leider! Das ist wirklich schade. Vielleicht hätte sie ja mehr erfahren können."

„Ich werde versuchen mehr darüber zu erfahren. Wenn ich etwas Neues in Erfahrung bringe, werde ich mich melden.", warf Max ein.

Später tanzte sie noch mit Max und ein Paar anderen Clubmitgliedern und genoss den unterhaltsamen Abend. Mit Christina unterhielt sie sich noch später über durchgestandene schwere Zeiten. Sie war doch recht froh darüber, an diesem festlichem Zusammentreffen teilgenommen zu haben. Es war schön mit Freunden den Abend verbracht zu haben.

Eduard

Eduard hatte Feierabend, er verließ sein Büro und suchte einen Supermarkt auf, um Einkäufe zu erledigen. Er suchte in den Regalen nach Nudeln, ging zum Kühlregal, holte sich zwei Joghurts, Butter und auch Milch und dem Käseregal entnahm er den Gouda. Danach suchte er die Kasse auf. Vor ihm stand eine junge Mutter mit ihrem Kind, das ein kleiner Quälgeist war. Er war laut, polternd, tyrannisierte seine Mutter, schrie nach Lust und Laune, warf sich auf den Boden, weil er nicht seinen Willen bekam, wie „er" wollte. Die Mutter sagte zu Allem vehement „nein", und er protestierte natürlich extrem laut, immer lauter, sodass sich auch viele der anderen Kunden davon belästigt fühlten. Ein kleiner Tyrann.

‚Das laute Geschrei', er spürte Anspannung in sich aufsteigen, seine Laune schlug um und er bekam Kopfschmerzen. Er konnte nichts davon beeinflussen, füllte sich plötzlich sehr unwohl.

Nachdem die Mutter vor ihm alle Einkäufe eingepackt hatte, bezahlte er noch, als er an der Reihe war, konnte noch das Geschäft verlassen, in dem er war. Er trat in das grelle Licht vor dem Supermarkt.

Seine Wahrnehmung änderte sich plötzlich, er konnte sich selbst praktisch zusehen, bemerkte die Veränderung auch, aber konnte nichts dagegen tun.

Schon oft hat er eine solche Veränderung bei sich wahrgenommen, doch so deutlich, so fühlbar, so real mit seinem Bewusstsein, wie gerade eben, aber doch noch nie. Er distanzierte sich von sich selbst, als wäre da jemand anderes, der an seiner Stelle Platz einnahm. Er würde sagen, etwas veränderte sich in ihm:

E s   w a r   e i n   W e c h s e l !

Zielstrebig ging er auf seinen Wagen zu, wurde unsicher, bemerkte den Schlüssel in seiner Hand, sah ihn an, schloss zögerlich den Wagen auf und setzte sich unsicher hinein. Er sah sich ganz verwundert um. Es fühlte sich an, als würde er neu erwachen. Seine Stimmung wechselte, sein Handeln, sein Denken, das fühlte sich blitzartig anders an, er empfand sich unwirklich, selten an.

Ganz unerwartet, so entschieden.

Er hatte das seltene Gefühl, die Entscheidung treffe nicht er selbst. Diese Empfindung, nicht Herr über seine eigene Entscheidung zu sein, auch die hatte er nicht zum ersten Mal. Als ob jemand anders unerwartet und entschlossen die Regie, die Führung blitzartig übernommen hätte. Er selbst sah nur noch aus der Entfernung zu.

, Es fühlte sich an wie eine neue Identität. '

Er sah immer noch um sich, beobachtete diese Gegend, die ihm gänzlich unbekannt war und fremd. Er wusste nicht, wo er war, was er hier tat. Alles schien er zum ersten Mal zu sehen. Er erinnerte sich nicht an die letzten Stunden, ja, die letzten Tage, die letzten Wochen, gar die letzten Monate.

Wo war er?

Wie kam er hierher?

Er wusste nicht, wo er sich befand.

Er fuhr los.

Hier wollte er nur noch schnell weg.

Er steuerte sein Fahrzeug sehr zielstrebig in die Richtung der Autobahn und wie von selbst, ohne nachzudenken und doch mit völliger Gewissheit, fuhr er in die richtige Richtung, fuhr er dorthin, wo er hin musste, hinwollte, das Ziel war vorgegeben, so selbstverständlich. Er fuhr und fuhr, mit surrenden Rädern auf dem flüsterndem Asphalt, ganz automatisch, an einen bestimmten Ort, an einen bestimmten Platz, der ihm anscheinend so vertraut war, ohne sein Dazutun, den er beinahe blind finden konnte. Es zog ihn automatisch dorthin, wo er hingehörte. Jeder Kilometer, den er zurücklegte, brachte ihn seinem Ziel immer näher und näher. Die Landschaft bewegte sich seitlich abwechslungsreich und rastlos an ihm vorüber, schneller und schneller. Und doch sah er nur noch nach vorn, alles andere nahm er nicht mehr wahr.

Die Zeit verging wie im Flug
Dann war er am Ziel.

61

Doch dann überschlugen sich die Ereignisse. Das Detektivbüro meldete sich unerwartet bei Elsa und gab erst einmal mündlich einen Bericht ab.

„Hallo Frau Hartmann, ich möchte Sie erst vorab schon mal mündlich darüber informieren. Einen schriftlichen Bericht bekommen Sie aber noch von uns. Ich kann Ihnen sagen, wir sind fündig geworden und haben tatsächlich einen Hartmann in Winterberg gefunden.

Allerdings einen Eduard Hartmann, den wir uns dann ganz genau angesehen haben. Wir haben auch einige Fotos gemacht und haben sie dann mit Ihren verglichen. Und siehe da, es ist tatsächlich Ihr Mann, den wir gefunden haben. Es stellt sich uns nur die Frage, die zu klären wäre, warum er unter einem anderen Vornamen gemeldet ist. Wir haben in einem sehr weiten Umkreis bei Anmeldeämtern nach Ihrem Mann gesucht, und natürlich damals keine Spur von ihm gefunden. Jetzt wissen wir auch, warum.

Können Sie zur Klärung irgendetwas beisteuern?", fragte er nach dem Bericht.

„Leider habe ich dafür keine Erklärung. Es überrascht mich sehr. Aber nun weiß ich, wo er sich aufhält. Das ist beruhigend zu wissen.

„Was macht er dort?"

„Ihr Mann hat ein Beratungsbüro eröffnet. Ein Firmenberatungsunternehmen für Selbständige, die noch nicht so einen guten Durchblick und eine Übersicht in und über ihr Unternehmen und ihre finanzielle Lage hatten, oder die irgendwann in Schwierigkeiten gerieten und dann nicht mehr weiterwussten. Das Unternehmen scheint ganz gut zu laufen, wie ich herausbekommen konnte."

Elsa war erstaunt über das Gehörte.

„Das ist unglaublich, was Sie mir berichten. Ich bin sehr überrascht. Danke für diesen Bericht und die guten Neuigkeiten. Ich bin erleichtert, mehr erfahren zu haben und nun auch zu wissen, wo er sich aufhält. Ich warte noch Ihren schriftlichen Bericht ab."

Elsa bedankte sich und war erleichtert, etwas über Georgs Verbleib erfahren zu haben. Es tröstete sie zu wissen, wo er sich aufhält.

Als Elsa nach Hause kam, hatte sie ihren Eltern Einiges zu berichten.

„Stellt euch vor, das Detektivbüro Pritorius hat Georg ausfindig gemacht. Sie konnten ihn in Winterberg tatsächlich aufspüren.

Was tat er bloß dort?

Hatte Iris doch recht behalten mit dem, was sie erzählte? Sie behauptete, sie hätte ihn im Urlaub dort gesehen. Aber, was machte er dort?

Merkwürdig, oder etwa nicht?", schloss sie.

„Ja, das würde ich auch gerne wissen. Was wirst du jetzt unternehmen, nachdem du weißt, wo er zu finden ist?", fragte Elvira ihre Tochter ganz gespannt.

„Ich weiß wirklich noch nicht, was ich tun werde. Ich muss erst einmal darüber nachdenken. Es erleichtert mich, wenigstens zu wissen, dass er lebt und wo er sich aufhält. Aber an der Tatsache, dass er gegangen ist, ändert sich nichts. Die Ungewissheit, die nach dem Grund fragt, die bleibt auch bestehen. Ich muss einfach nachdenken."

62

Außer Elvira war an diesem Vormittag niemand zu Hause. Elsa ging schon morgens in ihr Geschäft und die beiden Jungen weilten noch in der Schule. Herrmann war in die Stadt gegangen, um für sie ein paar Besorgungen zu erledigen. Heute hatte Elvira die Betten neu bezogen, die erste Lage der Bettwäsche war schon in der Waschmaschine und wurde gewaschen. Sie ging in die Küche, stellte alles in die Spülmaschine, um sie später anzustellen. Die Küche musste ganz aufgeräumt sein, wenn alle nach Hause kamen. Sie sah auf die Uhr. Es ging auf Mittag zu. Sie musste gleich mit dem Essen beginnen. Die Jungen kamen gleich aus der Schule. Das Essen musste bis dahin fertig sein, damit sie alle essen konnten.

Elvira bückte sich, um die Abfälle herauszunehmen, als die Haustür aufging und völlig unverhofft Georg zur Tür hereinplatzte. Elvira stand wie angewurzelt völlig konsterniert in der Küche. Sie traute ihren Augen und den Bildern nicht, die sie ihr zeigten und übermittelten. Sie glaubte an eine Täuschung, eine „Fata Morgana", am helllichten Tag. Er hob kurz die Hand, warf ein „Hallo" herüber, ging weiter zur Treppe und begab sich in den oberen Bereich des Hauses.

Mit geweiteten Augen konnte sie nur noch mit einem erstaunten „Hallo, Georg!" erwidern, die ihr im Hals stecken blieb. Die Verwirrung dauerte an. Sie brauchte einige Zeit, um ihre Fassung wiederzugewinnen.

Sie hat die Situation endlich begriffen, ging Georg hinterher, die Treppe hinauf. Sie klopfte an die Tür, öffnete sie, stellte verwirrt die Frage:

„Hallo Georg, schön dass du wieder da bist, wo kommst du so plötzlich wieder her? Wo warst du die ganze Zeit? Wir haben uns große Sorgen gemacht." Sie verstummte.

Er sah sie mit großen Augen ganz unverständlich und erstaunt an:

„Sorgen, aber weswegen denn? Es gab doch keinen Grund dafür!"

Elvira verschlug es die Sprache. Sie musste schwer schlucken. Damit war für ihn die Angelegenheit erledigt. Mehr gab es von seiner Seite nicht zu sagen. Ratlos blieb Elvira damit zurück und bekam keine weitere Erklärung. Er vertiefte sich wieder in seine Unterlagen und machte dort weiter, wo er aufgehört hatte.

Elvira zog sich zurück. Das sollte doch besser Elsa selbst in die Hand nehmen und klären. Sie wollte sich hier nicht weiter einmischen. Sie ging wieder ins Wohnzimmer und rief Elsa in ihrem Geschäft an:

„Elsa, stell dir vor, gerade vor einigen Minuten ist Georg zur Tür hereingeplatzt, warf mir ein „Hallo" herüber und ist im oberen Bereich des Hauses verschwunden. Er ist in seinem Arbeitszimmer." Elsa war ganz aus der Fassung, was Elvira ihr berichtete.

„Hat er nichts gesagt, wo er herkommt, oder irgendeine Erklärung abgegeben, wo er war, oder dergleichen."

„Nein, nichts davon."

„Pass auf, ich sorge für eine Aushilfe in meinem Geschäft und komme dann sofort nach Hause, um diese Angelegenheit zu klären. Dann sehen wir weiter." Elvira war dankbar.

Als Elsa nach Hause kam, ging sie vom Eingangsbereich aus gleich ins Wohnzimmer und bog in Richtung Küche ab, wo sie Elvira vorfand, die dort mit der Arbeit noch beschäftigt war. Der untere Bereich war offen und ging übergangslos in die nächsten Räume. Elvira erwartete sie schon ungeduldig.

„Da bist du ja. Als Georg vorhin nach Hause kam, sagte er nur ‚Hallo', ging zur Treppe und marschierte nach oben in sein Arbeitszimmer.

Was ist bloß los mit ihm?

Sein Verhalten, das ist doch nicht normal, wer soll das noch verstehen? Ich war ganz perplex, stehe in der Küche, mache meine Arbeit und ahne nichts Böses, rechne auch nicht so plötzlich und unerwartet mit seiner Rückkehr. Wer kann das schon, und dann so überraschend? Du kannst dir vorstellen, wie verblüfft ich war, als er hier zur Tür hereinkam, nach dieser langen Zeit, einfach so."

„Ja, das ist wirklich seltsam. Ich weiß nicht, wie ich das begreifen soll. Ich kann auch nichts damit anfangen, ich kann nicht mehr denken, brauche auch ein paar Minuten, um mich zu sammeln, wie ich hier vorgehen soll. Auch als ich ihn damals auf Kur besuchte, war alles so merkwürdig.

Aber das, hier ist ja noch eine ganze Stufe höher. Wirklich krass! Wie sollen wir bloß damit umgehen? Ich bin ratlos, ich weiß es nicht. Ich sehe mal, was ich tun kann?" Elsa ging die Treppe hinauf zu seinem Arbeitszimmer. Sie war sehr angespannt. Was würde sie hier vorfinden, was erwartete sie?

Was sollte sie sagen, wie vorgehen?

Wie sollte sie auf all das reagieren?

Wie würde Georg reagieren?

Was war mit ihm passiert?

Wo war er in seiner Abwesenheit?

Was würde sie erfahren?

Oder, würde sie überhaupt etwas erfahren?

Was war geschehen?

Wodurch war es ausgelöst worden?

Fieberhaft überschlugen sich viele Gedanken in ihrem Kopf.

Wie ein Maschinengewehr ratterten sie durch ihren Kopf und hinterließen furchtbare Verwüstung und totale Leere.

Sie konnte nicht mehr denken.

Alles war zu viel.

Dann ging sie die Treppe hinauf, sammelte sich, stand eine Weile vor der Tür, bevor sie eintrat.

Elsa klopfte an die Tür zu seinem Arbeitszimmer, dann trat sie ein. Sie sah zu Georg hinüber, der hinter seinem Schreibtisch saß.

„Guten Tag, Georg. Darf ich eintreten?" Er blickte kurz auf.

„Hallo Elsa, ja sicher, komm rein.", begrüßte er sie.

Er machte sich zunächst unbeirrt an seiner Arbeit zu schaffen und blickte dann auf. Mit dem Arm wies er ihr den Platz zu, auf dem sie Platz nehmen sollte. Sie setzte sich beklommen.

„Wir haben uns lange nicht gesehen." Sie legte bedächtig eine Pause ein.

Die Uhr, die in seinem Arbeitszimmer an der Wand hing, gab ein lautes, tickendes Geräusch von sich. Sie hörte dem Ticken der Uhr eine Weile zu.

„Wir alle haben uns große Sorgen gemacht, als du damals

so plötzlich verschwunden warst. Ohne ein Wort zu hinterlassen oder einige Zeilen von dort zu schreiben, wo du warst, um vielleicht eine Erklärung abzugeben. Wo warst du diese lange Zeit, seit dem du uns verlassen hast? Du kommst so mir nichts dir nichts, urplötzlich zurück und da bist du nun wieder, ohne ein einziges erklärendes Wort? Als wärst du heute Morgen gegangen, und kommst dann mittags zurück." Sie verstummte plötzlich und wartete auf seine Reaktion. Ihre Worte klangen wie ein Echo in ihren Gedanken nach.

Er sah auf und großes Erstaunen lag in seinem Blick.

„Ich verstehe deine Frage nicht. Wo soll ich denn gewesen sein?"

Ihre Gedanken überschlugen sich, vieles ging ihr durch den Kopf, wie damals, als sie auf Kur zu Besuch bei ihm war. Plötzlich war sie gewarnt, ihre Alarmglocken gingen an, sie signalisierten ihr große Gefahr und sie dachte ‚Vorsicht', keinen Streit vom Zaun brechen, nichts Falsches sagen, auf keinen Fall die Fronten noch stärker verhärten, mit großer Vorsicht an die Sache herangehen. Hier war großes Geschick angesagt.

Ungeheuerliches Unbehagen beschlich sie.

Aber, was war hier falsch und was richtig?

Und doch wollte sie es klären, diese Angelegenheit, der musste sie auf den Grund gehen?

Hatte er womöglich eine Amnesie?

Wodurch hervorgerufen?

Vielleicht gab es eine andere Frau?

Sie wollte nichts auslösen, das nicht reparabel war, was nicht mehr aufzuhalten war, was immer es auch sein mochte.

Sie hielt inne, wechselte sogleich das Thema und schaute auf die Armbanduhr an ihrem Handgelenk.

„Ach, ich denke, wir verschieben das Gespräch und unterhalten uns besser später weiter darüber. Die Kinder kommen gleich aus der Schule nach Hause, dann essen wir. Ich gehe nach unten.

Kommst du auch gleich nach?"

Sie entfernte sich, wollte ihm erst mal eine Pause gönnen - und auch sich, da musste sie anders vorgehen. Sie wusste selbst nicht wie? Etwas stimmte hier nicht, das lag auf der Hand. Sie musste darüber nachdenken. Auch sie brauchte Zeit, um ihr Vorgehen zu überdenken. Vielleicht sollte sie mit Max erst darüber sprechen? Womöglich wusste er Rat und konnte hier weiterhelfen?

Ihm vertraute sie.

Georg

Immer wieder hat er Träume, schwere Träume, lastende Träume. Er fühlt sich verfolgt, wieder einmal. Eine furchtbare Panik und Angst lässt sein Herz rasen, er läuft vor jemandem davon, wird immer und immer schneller, mit einem zum Zerreißen rasendem Puls, versucht sich möglichst leise, nahezu lautlos fortzubewegen, um sich nicht zu verraten, nicht erahnen zu lassen, wo er sich diesmal verstecken wird. Er sucht nach einem neuen Versteck, die alten sind zu verräterisch. Diesmal schlüpft er unter das Bett, krümmt sich zusammen, in die äußerste Ecke krümelt er sich hinein, drückt sich ganz dicht und direkt an die Wand gewandt, wagt nicht zu atmen, wagt nicht hinzusehen.

Beängstigende, laute, polternde Schritte kommen immer näher. Im Türrahmen sieht er nur die Füße mit den schweren Schuhen stehen, dann hört er den Riemen gegen den Pfosten und gegen die Tür schlagen. Laut, polternd, furchteinflößend kommen die Beine langsam näher und näher, bleiben kurz vor dem Bett stehen, beängstigende Lähmung erfasst den kleinen Körper. Er zittert am ganzen Leib, tränenüberströmt ist das kleine Gesicht des Kindes. Es schafft es nicht, ganz ruhig unterm Bett zu verharren, still zu sein, vor Furcht wimmert es leise vor sich hin.

„Da hab ich dich doch endlich erwischt, ich wusste es! Kommst du da raus oder soll ich dich holen?"

Eine laute, fordernde, drohendsingende und ironische Stimme fordert das Kind auf, sein Versteck zu verlassen. Er sieht ein kleines Kind unterm Bett kauern, das mal gerade zwei oder drei Jahre alt war.

Er sieht den Verfolger nicht, und doch weiß er, wer er ist. Eine lähmende Furcht ließ ihn schweißdurchnässt so manches Mal nachts aus solch einem Traum aufwachen.

Diese Bilder verfolgten ihn unentwegt.

63

Es war Mittagszeit, nach vierzehn Uhr. Die beiden Jungen stürmten nacheinander zur Haustür herein. Ihre Schulsachen warfen sie in die Ecke des Vorraums und stürmten in die Küche. Sie waren überrascht auch Elsa schon zur Mittagszeit dort anzutreffen. Sie setzten sich alle an den Tisch, als auch Georg unerwartet die Treppe herunterkam. Die Augen der beiden Jungen weiteten sich ungläubig. Beide Jungen erstarrten nahezu vor Verwirrung. Es dauerte eine Weile, bis sie begriffen.

Vater war tatsächlich wieder da.

Dennis war der Erste, der reagieren konnte. Sehr verhalten stellte er eine Frage in den Raum. Zu mehr war er zunächst auch nicht fähig.

„Du bist wieder da?"

„ Wo warst du?"

Georg erwiderte nichts darauf. Doch Michael verhielt sich sehr distanziert.

Er sah seinen Vater lange wütend und stumm an, sagte kein Wort, dann brach es aus ihm heraus:

„Wie konntest du dich nur von Mama trennen?" Eine Pause.

„Und was ist mit uns?"

„Bedeuten wir dir gar nichts mehr?"

„Und jetzt tauchst du einfach so - mir nichts, dir nichts - hier wieder auf, als wäre nichts gewesen?!

Na prima, gratuliere!

Ein Bravurstück!"

Michael stand polternd auf, sein Stuhl kippte nach hinten, fiel laut auf den Boden und er verließ die Küche. Elsa war entsetzt, damit hatte sie nicht gerechnet.

„Michael, …!", rief sie ihm hinterher, wollte ihn aufhalten.

Doch Michael entfernte sich, er war nicht aufzuhalten. Elsa hatte keine Gelegenheit gehabt, die Jungen darauf vorzubereiten, dass Georg wieder da war, wie auch? Sie wusste ja selbst nichts davon und war mit seiner Rückkehr überrascht worden. Georg schaute verstört hinterher, sagte aber kein einziges Wort. Eine dumme Situation. Das Gespräch musste bis später warten. Dass es auf die Art eskalieren würde, konnte niemand ahnen und auch nicht verhindern.

Nach dem Essen suchte jeder seine jeweils eigenen Räume auf. Auch Elsa verzog sich erst mal ins Schlafzimmer, suchte Ruhe, um ihre innere Mitte wiederzufinden und über diese Situation nachzudenken. Sie musste ihre Gedanken sortieren, damit sie wieder klar denken konnte. Elvira und Hermann, der inzwischen zurück aus der Stadt war und von den Ereignissen zu Hause überrollt wurde, blieben beide in der Küche zurück.

Elsa grübelte darüber nach, wie sie hier vorgehen sollte? Hatten sie überhaupt noch eine Möglichkeit, hier wieder ihr Leben neu aufzunehmen, sich anzunähern, neu zu finden und als Familie mit den Kindern zusammenzuleben?

War das nach all dem noch möglich?

So sehr sie sich das auch gewünscht hatte, sie konnte sich

jetzt nicht im Entferntesten vorstellen, dass es gelingen konnte, dort weiterzumachen, wo sie aufgehört hatten. Zuviel war geschehen. Gerade erst war mit den Kindern Ruhe eingetreten, sie hatten sich gefangen, sich abgefunden. Alleine kamen sie gerade wieder gut zurecht. Diese Situation veränderte nun alles aufs Neue. Und wenn sich all das noch einmal wiederholte? Welche Sicherheit hatten sie, dass das nicht noch einmal vorkam?

Und doch glaubte sie unerschütterlich an die Kraft der Liebe. Woher nahm sie diesen Glauben und die Hoffnung? Sie dachte an Ralf, mit dem sie sich einige Male traf. Es war alles noch sehr frisch und neu und doch waren sie sich sehr nah. Es verbanden sie beide sehr feine, zarte Bande. Sie konnte sich auch mehr vorstellen. Aber nun war Georg zurück. Das veränderte alles. Mit aller Wucht waren auch die Gefühle für ihn wieder da. Es tat ungeheuer weh. Sie wollte niemanden verletzen. Und doch würde sie das tun, genau das. Hier ging es nicht ohne jemanden zu verletzen. Einer würde immer zurückbleiben. Wie hatte sie bloß in eine solche Misere geraten können? Wie kam sie hier wieder heraus? Sie durften nicht alle Verlierer sein. Sie würde mit ihm reden müssen. Das war sie ihm schuldig.
Sie musste telefonieren, sie wollte Max anrufen, all das mit ihm besprechen.

Sie hoffte, er hatte eine Lösung und eine Erklärung für dieses Verhalten und diese Situation.

64

Mit Georg verband sie so viel. Sie hatten eine lange, schöne, glückliche gemeinsame Zeit und die beiden wunderbaren Kinder gehörten dazu. Das wog mehr als alles andere und ließ sich nicht so einfach auslöschen. Es verband irgendwie untrennbar.

Elsa hatte eine wunderschöne Erinnerung, die lange zurücklag, vor ihrem inneren Auge. Ihr fiel eine Geburtstagparty der beiden Jungen ein, die sie damals veranstaltet hatten. Wie glücklich sie doch alle waren, vor allem die beiden Jungen, dass sie solch eine Party geben konnten und sich zum eigenen Geburtstag Freunde einladen durften. Sie waren stolz, mit ihren Freunden an solch einem Tag gemeinsam zu feiern und zusammen zu sein.

Elsa hatte sich die Arbeit zu einer solchen Veranstaltung für die beiden Jungen stets mit Georg geteilt. Egal, wer gerade einen Kindergeburtstag feierte, sie luden sich die besten Freunde ein. An den vielen Spielen, die vorher natürlich besprochen, ausgeknobelt und die von ihnen selbst ausgewählt wurden, wie Eierlaufen oder Sackhüpfen, hatten alle Kinder ganz besonders viel Spaß.

Auch Tauziehen gehörte zu den begehrten Spielen. Dabei mussten die beiden Mannschaften erst gut zusammengestellt werden, damit es nicht ganz ungerecht zuging. Diesem Spiel gingen oftmals heftige Diskussionen voraus, bis sich zum Schluss doch noch alle einigen und glücklich sein konnten. Georg übernahm die Spiele, leitete die Jungen mit so viel Spaß und Enthusiasmus durch das ganze Programm, als wäre er selbst einer der Jungen.

Damit ernsthaft gekämpft wurde, gab es am Ende eines jeden Spiels für den Gewinner eine Belohnung. Niemand sollte leer ausgehen. Zum Schluss gelangen die Spiele noch und alle konnten zufrieden sein.

Elsa sorgte für einen leckeren Kuchen und Getränke danach, um sich von den Anstrengungen zu erholen. Sie waren glücklich und zufrieden, diese Zeit mit ihren guten Freunden verbracht zu haben. Die Erinnerung blieb ihnen für immer.

Die größte Begeisterung aber hatten sie abends, wenn gegrillt wurde. Natürlich durften Bratwurst mit Pommes Frites, ganz besonders mit Mayonnaise oder Ketchup nach Wahl, nicht fehlen. Das war absolute Pflicht. Bei den Getränken konnten sie sich dann auf Apfelsaft einigen, dass mit Mineralwasser zur Apfelschorle gemischt wurde. War immer noch besser als Coca-Cola.

Am Abend, nachdem sie ihre Gäste verabschiedet hatten, waren sie nach solch einem Tag rundweg geschafft, aber innerlich zufrieden, konnten sich beneidenswert glücklich ins Bett zum Schlafen legen und schliefen dann selig ein. Sie waren nach dem gelungenen Tag innerlich zufrieden.

Wenn sie an ihre Jungen dachte, ging ihr Herz voller Liebe auf. Georg konnte bei einer solchen Party gut mit Kindern umgehen. Er machte das hervorragend. Es versetzte ihr einen schmerzhaften Stich in der Herzgegend, wenn sie an die vergangenen Monate dachte.

Was war nur geschehen?

Nichts war mehr so wie früher.
Könnte es jemals wieder so werden?

65

Draußen regnete es mal wieder. Wie so oft begrüßte sie ein trübsinniger, dunkler, trostloser und verregneter Tag, der sich nicht erhellen wollte. Der schwere Himmel ließ die strömenden dunklen Wolken wie große schwarze Ungeheuer tief hängen und öffnete die Schleusen. Es goss in Strömen. Ein knüseliges, nasses Wetter, das jedem die Stimmung nehmen konnte und an dem Elsa am liebsten im Bett liegen geblieben wäre. Der Regen plätscherte und schüttete auf Wiesen, Beete, Bäume, die Felder, es tropfte auf die Fensterscheiben und immer im gleichen Takt entfalteten die Regetropfen ihre eigene Sprache. Sie hämmerten unaufhörlich ihr eigenes Lied, klopften an die Fensterscheiben, trommelten mit völlig eigenem Rhythmus und individuellem Takt ihre eigene Melodie;   Klack-klack; Klack-klack; Klack- Klack.

So trübsinnig wie das Wetter war auch Elsas Stimmung. Sie dachte über ihr eigenes zerstörtes Leben nach.

Wo war es geblieben? Hat es sich heimlich, still und leise davongestohlen, auf ganz leisen Sohlen weggeschlichen, sich verabschiedet, sich davongemacht, sie einfach im Stich gelassen?

Wie sollte sie hier weitermachen?

Nun war Georg wieder hier. Hatten sie überhaupt eine Chance?

Gab ihr das Schicksal jetzt und hier vielleicht eine neue Gelegenheit?

War es mit ihr noch mal gnädig?

Wollte es irgendetwas gutmachen?

Regeln?

Wer sollte das noch verstehen können?

Michael

Der älteste Sohn war unglaublich wütend. Der Vater verschwand vor beinahe einem Jahr. Er hatte einfach seine Familie verlassen, Frau und zwei Söhne, ohne darüber nachzudenken. Wie kann es möglich sein, dass ein Vater solch ein Verhalten an den Tag legte und es schaffte, seine Familie dermaßen zu verletzen?

Für ihn stellte sich die Frage danach, wie viel sie ihm alle bedeutet hatten?

Michael war nicht nur wütend, er war auch ungeheuer verletzt und endlos traurig und enttäuscht. Liebte sein Vater seinen Bruder und ihn überhaupt?

Und was war mit der Mutter, seiner Frau? Was war mit ihr?

Wie sehr muss sie das damals getroffen und verletzt haben? Vom eigenen Mann, dessen Kinder sie geboren hat, einfach allein gelassen zu werden, ohne eine vernünftige Erklärung?

Er wusste nicht, was zwischen seinen Eltern geschehen war, damals, aber alles hatte gut ausgesehen, hatte keine großen Spannungen gegeben. Er hätte das mit Sicherheit bemerkt. Soviel konnte nicht vor ihm verborgen worden sein. Wie schwer es doch war für sie alle, damals, als sie es erfahren hatten, damit zu Recht zu kommen?

Plötzlich waren sie allein mit der Mutter und mit den Großeltern, die da waren, sie alle auffingen, liebevoll für sie sorgten, damit Mutter in ihr Geschäft gehen konnte. Allein gelassen waren sie mit dem Schmerz, der sie immerzu peinigte und den bleibenden Gedanken, die sie nicht zur Ruhe kommen ließen, mit den permanenten Fragen nach dem „warum", die sich nie aufhörten zu stellen und nicht beantworten ließen, mit der ungeheuren Enttäuschung, die der Vater bei allen hinterließ, mit der wahnsinnigen Wut, die sich ihr Ventil auf ihre eigene Weise suchte, um sich Erleichterung zu verschaffen. Aber am allerschlimmsten war, dass ihnen allen, auch ihm, das Grundvertrauen vehement bis auf den Grund und Boden zerstört worden war. Das hätte so schnell nicht wieder ungeschehen gemacht werden können. Es war irreparabel, beinahe für immer. Es würde lange brauchen, um dieses Vertrauen wiederaufzubauen. Konnte das abermals aufgebaut werden, wie es vorher war?

Nun kam er einfach zurück, sagte kein Wort der Erklärung, des Bedauerns, der Entschuldigung für das, was ihn dazu getrieben hatte.

Wie viele schlaflose Nächte er durchwacht hatte, weil Vater einfach ging, und die Gedanken und Fragen, mit denen er damals alle zurück ließ, auch ihn, mit der Wut, der Trauer und der Enttäuschung, dass sein Vorbild, zu dem er aufblicken konnte, nicht mehr da war.

Und die Mutter? Der geliebte Mann war mit einem Mal nicht mehr da. Ihre Kinder musste sie allein durchbringen und all die kleinen Sorgen und Nöte, die sie hatten und noch vieles mehr.

Er machte sich lange viele Gedanken, die ihn belasteten und alles war längst noch nicht vorüber. Was hatte er sich bloß dabei gedacht?

Er hing an seinem Vater, und er liebte ihn bitterlich, er brauchte ihn, das alles war ungeheuer schmerzlich.

Nun war er wieder da, als wäre er nie gegangen, knüpfte einfach dort an und machte weiter, wo er aufgehört hatte. Glaubte er wirklich, er konnte es sich so einfach machen?

Aber nicht mit ihm, das glaubte er doch wohl nicht?

Nein, nicht mit ihm!

Er grübelte noch lange so vor sich hin. Das würde er ihm niemals verzeihen können. Er überlegte noch eingehender und unaufhörlich über das Verhalten seines Vaters nach. Die Beweggründe würde er gerne erfahren.

Was ging in ihm vor?

Unzählige Gedanken und unbeantwortbare Fragen suchten sich ihren eigenen Weg.

Dennis

Zunächst spürte er große Freude, als er seinen Vater erblickte. Doch dann fielen ihm nach und nach die Ereignisse von damals abermals ein. Die Erinnerung holte ihn ein und war besonders schmerzhaft gegenwärtig.

Sein erster Impuls, auf den geliebten Vater vor Freude zuzustürmen und ihn zu umarmen, war überwältigend. Doch etwas hielt ihn zurück. Den Schmerz, den er damals allen zugefügt hatte, den hatte auch Dennis nicht vergessen. Er hing sehr an seinem Vater. Doch auch sein Blick wurde überschattet von den Erinnerungen der damaligen Ereignisse, als ihr Vater gegangen war. Die Betrachtung war unerwartet dramatisch für ihn und gänzlich gegenwärtig. Dementsprechend war auch seine Reaktion seinem Vater gegenüber:

verhalten und unerwartet zurückhaltend.

Auch der jüngere Sohn hatte in der ersten Zeit nach dem Verschwinden des Vaters unendlich viele Überlegungen angestellt und er hatte sie augenblicklich sehr lebendig vor seinem geistigen Auge. Er hat nicht vergessen, wie enttäuscht sie alle damals waren und wie sehr sie alle gelitten hatten. Wie verzweifelt auch er damals nach seinem Verschwinden war und die gesprochenen Worte seiner Mutter, die er nicht begreifen konnte. Wie sehr er auch mit seiner Mutter haderte und ihr die Schuld daran gab, dass Vater nicht mehr da war, konnte er einfach nicht glauben, dass sie sich vom Vater einfach getrennt hatte. Auch er hatte keine Streitereien zwischen seinen Eltern bemerkt.

„Warum hast du uns verlassen, Papa, uns alle, warum?", fragte auch er ihn ungläubig.

Nun war er zurückgekommen, stand vor ihnen, als wäre nichts gewesen, das konnte auch er nicht begreifen. Mehr konnte er nicht sagen.

Georg

Von allen Seiten prasselten Kritik und viele Fragen, unangenehme Fragen, die auch ihm zu denken gaben, auf ihn ein. Irgendwie war er sich keiner Schuld bewusst und hatte keine Vorstellung, was er jedem Einzelnen antworten sollte oder konnte. War er wirklich so lange abwesend und hatte nichts davon gewusst? Er konnte sich nicht vorstellen, dass dies nicht der Wahrheit entsprechen konnte.

Doch, eines wusste er nun doch schon mit Gewissheit: dass ihm tatsächlich häufig „Zeit fehlte". hat er schon selbst feststellen können. Damit musste es etwas auf sich haben. Manches war ihm selbst noch nicht ganz klar. Wo war die Zeit geblieben? Zum Beispiel nachts, seine schweren Träume oder die häufigen Kopfschmerzen, die ihn plötzlich befielen, die Verletzungen, von denen er keine Ahnung hatte, woher sie stammten. Er hatte dann keine Erinnerung daran. Er konnte sich an die Stunden des Tages nicht entsinnen, „wachte" plötzlich irgendwann, irgendwo wieder auf und wusste nicht, was in der Zwischenzeit geschehen war.

Oder wildfremde Menschen, die ihn ansprachen, als ob sie ihn schon lange kannten. Manche Erlebnisse waren dubios. Und da waren die Stimmen in seinem Inneren, die er hörte. Sehr mühsam versuchte er die Fassade aufrechtzuerhalten und nur zu funktionieren, damit niemand etwas bemerkte. Das konnte alles eine große Beeinträchtigung in seinem Leben darstellen, die vielen Krisen und Probleme im Lebensalltag zu bewältigen und stets zu verbergen, war für ihn äußerst schwierig.

Große Zweifel quälten ihn: ‚Lange hatte ich keine Ahnung, was mit uns los war. Ich dachte, ich wäre vergesslich oder schusselig, versuchte nicht aufzufallen, habe es versteckt, so gut es ging, hatte auch keine Erklärung dafür. Oft habe ich es „witzig“ dargestellt, als litt ich unter Alzheimer oder es wurde von mir als Schusseligkeit abgetan. Ich hoffte, niemand würde etwas bemerken und dem ganzen auf die Spur kommen.‘

Er empfand es als sehr schwierig und belastend, immer wieder wie in einem Film Bilder von Gewalttaten vor dem inneren Auge zu sehen und diese nicht einordnen zu können, oder in bestimmten Situationen starke Schmerzen zu bekommen, der medizinischen Ursachen trotz der vielen Arztbesuche unergründet blieben.

Er wusste, irgendetwas musste er unternehmen, sich vielleicht Hilfe suchen, sich jemandem mitteilen, auch wenn er davor große Angst hatte. Seine größte Angst war aber, dass ihn „die Leute“ für verrückt erklärten. War er womöglich tatsächlich verrückt? Manchmal glaubte er es beinahe selbst. Aber unabhängig davon machte es ihm Sorgen, dass solche Gedanken schnell öffentlich manifestiert wurden. Davor hatte er die größte Angst.

Was war es bloß?

67

Elsa hatte sich endlich entschlossen, mit Georg ein Gespräch zu führen. Abends, nachdem die Jungen im Bett verschwunden waren, blieben beide noch im Wohnzimmer sitzen. Ihre Eltern hatten sich auch verabschiedet und suchten das für sie bestimmte Gästezimmer auf. Auch dort hatten sie einen Fernseher, um das Abendprogramm verfolgen zu können, wenn sie wollten.

Sie waren davon überzeugt, dass Elsa und Georg vieles, das unklar war, zu klären hatten. Hier war gewaltiger Gesprächsbedarf vorhanden. Dafür brauchten sie viel Zeit. Und dazu mussten sie alleine sein.

Elsa legte eine CD mit leiser, klassischer Musik auf, die dann im Hintergrund laufen konnte.

Sie setzte sich.

„Bitte, stelle den CD-Player aus. Ich kann mich sonst nicht gut konzentrieren.", bat Georg. Elsa war überrascht, stand auf und stellte den Apparat wieder aus. Sie war erstaunt. Eigentlich hörte er Musik sonst gerne. Sie begann mit dem Gespräch und tastete sich langsam an das eigentliche Thema ran:

„Wie geht es dir?"

„Oberflächlich gesehen würde ich erst mal sagen, gut."

„Ich möchte dich nicht bedrängen oder dich beunruhigen, doch ich bin der Überzeugung, dass wir so einiges zu klären haben. Ich würde gerne wissen, was eigentlich passiert ist? Hör mir bitte einen Moment zu. Ich will das gerne weiter ausführen: Seit deiner Erkrankung und deiner Operation der anschließenden Reha ist einiges in Schieflage geraten. Seitdem hat bei dir eine beträchtliche Veränderung stattgefunden. Was ist eigentlich los, Georg, was ist passiert?

Hilf mir mit der Antwort, damit ich es verstehen kann. Du warst einfach verschwunden, niemand wusste, wo du warst. Fast ein Jahr ist es her, dass du gegangen bist und nicht wiederkamst. Als ich es bemerkt habe, ist beinahe meine ganze Kraft aus meinem Körper gewichen. Ich bin in dieser Zeit durch die Hölle gegangen. Auch für unsere Jungen war es damals ungeheuer schwer, in der Phase der Pubertät und der Selbstfindung, damit zu Recht zu kommen. Der Vater war nicht mehr da. Sie stellten viele Fragen, die ich ihnen nicht beantworten konnte. Was glaubst du, wie sich das für uns alle anfühlte? Sie hatten beide eine schwere Zeit zu überstehen. Ihr Grundvertrauen wurde unglaublich schwer erschüttert."

Elsa machte eine Pause, um sich zu sammeln. Dann fuhr sie fort:

„Noch ganz kurz weiter: Gerade fingen wir an, wieder unser Leben zu leben, zu ordnen und fanden nach und nach ins Leben wieder zurück. Es hat uns ganz schön aus der Bahn geworfen, uns alle. Niemand will dir daraus einen Vorwurf machen. Mich und uns quält es nur, dass wir den Anstoß für dein Verschwinden nicht kennen. Wir wollen ja bloß gerne wissen, was los war?

Bitte, versteh mich nicht falsch. Ich denke, als deine Frau darf ich die Wahrheit erfahren und auch danach fragen.

Was ist geschehen? Bitte sag es mir. Du kannst mit mir reden, ich werde die Wahrheit aushalten, egal, was kommt, egal, was es ist. Ich bin auf alles vorbereitet.

Gibt es da Jemanden, der wichtiger war, als wir?

Gibt es eine neue Frau in deinem Leben?

Hast du ein neues Leben begonnen? Georg, Du darfst ehrlich sein!

Ich bitte Dich darum! - Wo warst du die ganze Zeit?

Wenn ich es weiß, dann ist es Okay. Auch wenn ich mich wiederhole, will ich nochmals versichern, dass ich mit der Wahrheit leben kann, nur wissen will ich es, welche Wahrheit es ist und warum?"

Mit der Antwort ließ er sich Zeit.

An der Wand tickte die Uhr. Der Sekundenzeiger bewegte sich weiter. Die Zeit verging.

Er überlegte offensichtlich, was er ihr antworten sollte. Sie sahen sich an, doch keiner von beiden ergriff erneut das Wort.

Es machte beide sprachlos.

„Diese Frage kann ich dir beim besten Willen nicht beantworten, auch wenn ich es so sehr wollte. Genau an diese Zeit davor, bevor ich hierher kam, kann ich mich nicht erinnern. Ich kann nichts dazu sagen. Ich weiß nicht, wo ich war und was ich tat und auch nicht, mit wem? Ich finde selbst keine Antworten darauf. Darüber mache auch ich mir Gedanken. Deshalb kann ich gut verstehen, dass du dich darum sorgst und danach fragst.

Es ist natürlich dein gutes Recht.

Natürlich.

Nur so, wie du denkst, ist es, glaube ich, nicht. Ich will aufrichtig zu dir sein. Denn, selbst für mich ist es noch nicht ganz klar und greifbar, was seit meiner Operation, den Schmerzen damals und mit der Reha danach vor sich gegangen war.

Eines ist für mich jedoch sicher:

Irgendetwas ist seinerzeit ausgelöst worden, das ich selbst noch nicht erklären, geschweige denn verstehen kann. Denn erst jetzt, so nach und nach, wird mir langsam bewusst, dass mit mir in manchen Situationen irgendwas geschieht. Ich kann aber wirklich nicht sagen, was und wodurch es passiert ist."

Von seinen Gefühlen getrieben wollte er erzählen, woran er sich erinnerte, was ihm selbst in der letzten Zeit aufgefallen war.

„Soviel ich weiß und was ich mit fast völliger Gewissheit sagen kann, ist, dass mir Zeiten und Erinnerungen fehlen, ich weiß nicht, wieso, warum? Ich habe nachts schlechte Träume, ich habe Bilder vor mir, manchmal Erinnerungsfetzen, die ich nicht zuordnen kann, oder ich werde verfolgt, erlebe große Ängste in diesem Zusammenhang, die ich nicht erklären kann. Es stellen sich viele Fragen, was das alles zu bedeuten hat."

Er öffnete sich verbal. Sie konnten richtig miteinander reden, stellte sie erleichtert fest, das war schon viel Wert.

„An manchen Stellen habe ich keine Erinnerungen und mir fehlt Zeit und ich weiß nicht, wieso. Ich will herausbekommen, was das alles zu bedeuten hat und was in dieser Zeit geschehen ist. Wenn ich recht überlege, glaube ich, ich brauche fachärztliche Hilfe, die ich mir bald suchen sollte. Es muss mehr sein als irgendeine belanglose Einbildung, eine Halluzination oder ein Burnout-Syndrom. Ich weiß nur eines, ich habe große Angst davor.

Du bist die erste, der ich mich damit offenbare, was mich tief in meinem Inneren bewegt. Soviel ich weiß, gibt es keine andere Frau, das glaube ich wenigstens. Mit völliger Sicherheit kann ich selbst das nicht ganz ausschließen.

Mir fehlen Zeiten, Erinnerungen.

Es ist zum Verzweifeln.

Warum ich gegangen bin, was damals geschehen war, würde ich selbst gerne wissen, aber das ist auch mir völlig unklar. Ich weiß nicht, was damals der Auslöser war. Ich weiß nur, ich habe furchtbare Angst. Es verfolgen mich nachts furchtbare Träume, jemand verfolgt mich. Ich wache aus schrecklichen Träumen auf und bin schweißgebadet, das alles macht mir einfach unbändige Angst. Ich träume häufig von Gewalt. Ich weiß nicht, was dahintersteckt. Auf Dauer kann niemand damit gut leben."

Es entstand Stille. Beide sagten eine Weile nichts. Jeder folgte seinen eigenen Gedanken. Sehr betreten sah Elsa zu Georg hinüber, begriff erst sehr langsam, was er ihr damit sagen wollte. Der Hahn in der Küche tropfte in die Stille hinein, drang bis zu ihnen ins Wohnzimmer. Ein ewiges plopp, plopp, plopp tönte ihnen in ihren Ohren nach und hallte in ihrem Gehirn. Er musste dringend repariert werden, dachte Elsa.

Elsa nahm dieses monotone Geräusch wahr und hörte ihm zu. Sie sagten beide immer noch kein Wort. Beide dachten über das Gesagte nach. Georg öffnete sich, sie konnten miteinander reden, es gab Hoffnung. Dafür war sie dankbar. Das war für den Moment einfach ein guter Anfang, dachte sie.

„Wir nehmen uns die Zeit, die wir brauchen, die du brauchst, sehen hinter die Fassade, irgendwann muss erkennbar werden, hoffe ich, worum es geht, um herauszubekommen, was dahinter steckt. Geh zu einem guten Arzt und Therapeuten. Ich denke dabei zum Beispiel an Max. Womöglich kann dir Max bei der Auswahl dabei helfen. Er kennt gute Ärzte und auch fähige Therapeuten. Wenn wir wissen, was das alles zu bedeuten hat, kommen wir der Lösung schon ein ganzes Stück näher. Wir nehmen es Stück für Stück in Angriff. Dann sehen wir weiter."

Er hatte das untrügliche Gefühl langsam und vehement ein wenig Licht am Ende des Tunnels zu erkennen.

Es gab Hoffnung.

Hoffnung, die doch noch zu einem guten Ende führen konnte.

Das hofften sie beide.

Das Gespräch und all das Gehörte, das sie erfahren hatte, erschütterte Elsa zuriefst bis in Mark und Knochen. Es war alles bedeutend schlimmer, als sie sich das jemals hatte vorstellen können. Sie hatte absolut nicht die geringste Ahnung, was hier dahinter stecken konnte.

Aber eines wusste sie: Es war etwas sehr Schwerwiegendes.

Aber, wie konnte das sein? Sie hatte früher nie bemerkt, dass mit Georg etwas nicht stimmen könnte. Das hier hörte sich nach schwerem Trauma an, womöglich nach noch weit Unerfreulicherem, denn sie hatte nun wirklich keine Ahnung von solchen traumatischen, psychischen Erkrankungen.

Wie weit die therapeutischen Behandlungen hier inzwischen fortgeschritten waren, auch das konnte sie nicht mit Sicherheit sagen. Es basierte alles auf Vermutungen.

Ob ihm wohl geholfen werden konnte?

Ja, in den USA, dort waren sie schon wesentlich weiter und hatten Erkenntnisse, von denen sie hier noch nicht alles wussten. Darüber hatte sie vor langer Zeit mal ein Buch gelesen, konnte erkennen, wie kompliziert die menschliche Seele war, und was es bedeuten konnte, wenn traumatische Erlebnisse sich einen eigenen Weg suchten und manches entgleisen ließen. Hier standen sie vor einer ungeheuren Herausforderung.

Sie hoffte, sie würden diese Hürde schaffen können und auch, dass sie dabei Hilfe fänden. Therapeuten, die damit umgehen konnten und sich auskannten, lagen nicht reihenweise auf der Straße. Es würde für alle sehr schwer werden.

Ließ sich unter diesen Umständen das Leben gemeinsam fortführen? Konnte dies unter diesem Umstand überhaupt möglich sein?

Eines wusste Elsa: sie wusste weitaus nicht alles über Georg. Vieles lag im Verborgenen. Es gab Geheimnisse, über die er nie mit ihr gesprochen hatte.

Was war nur mit seinen Eltern? Sie hatten nie wirklich Kontakt.

Sie hatte nie viele Fragen gestellt. Dieses Thema wurde von ihm tunlichst gemieden. Darüber hat er nie viel gesprochen, darüber wollte er nie wirklich reden.

War genau da sein wunder Punkt? Gab es genau da einen besonderen Grund? Sie wollte nie den Finger in die Wunde legen.

Nach diesem Gespräch, das Georg und Elsa führten, war sie zutiefst erschüttert. Dass er so offen mit ihr darüber sprach, weckte ihre Zuversicht, dass alles dennoch gut werden konnte. Von ihren Gefühlen hin und her gerissen hatte Elsa auch gewisse Zweifel, ob sie ihr Leben normal weiterleben konnten? War das noch möglich? Was bedeutete das für sie alle?

Immer wieder aufs Neue ergaben sich in ihrem Inneren ganz neue Fragen und es traten Ängste auf. Was war geschehen?

Welches Geheimnis trug Georg mit sich herum? Nur der Gedanke daran schüttelte sie hochgradig.

Warum ausgerechnet jetzt? Warum hatte sie früher nichts davon bemerkt? Hatten sie überhaupt noch eine Möglichkeit des Zusammenseins?

Elsa hatte immer wieder neue Fragen. Niemand konnte sie ihr beantworten. Es hieß, sich in Geduld fassen.

Abwarten. Und immerzu hoffen.

68

Viel Zeit war seit dem Gespräch verstrichen. Georg fand in dieser Zeit durch Max einen guten Therapeuten, wofür sie beide dankbar waren. Diese Möglichkeit war eine große Bereicherung und eine enorme Chance. Mit diesem Therapeuten würde er lange durch eine intensive und anhaltende Behandlung geführt werden, bis sie endlich mehr in Erfahrung bringen konnten. Georg ging entschlossen freiwillig in die Klinik. Dort konnte viel länger, eingehender, intensiver und ausgiebiger an seiner schweren Persönlichkeitsstörung durch Gespräche gearbeitet werden, als wenn er nur stundenweise Therapie bekommen würde.

Als das Krankheitsbild mehr und mehr erkennbar wurde, und sie schon in der Behandlung weiter fortgeschritten waren, gab Georg seine Zustimmung, dass auch Elsa durch den Therapeuten erfuhr, was sich hinter Georgs derzeitigem, mysteriösem Verschwinden damals verborgen hielt. Elsa blieb beharrlich daran, zu erfahren, welcher Anlass dem Ganzen zugrunde lag.

Eines Tages war es dann so weit. Der Therapeut bat Elsa zu dem Gespräch in die Klinik, damit auch sie erfuhr, was hinter Georgs Erkrankung steckte. Dr. Freytag kam aus seinem Behandlungszimmer und begrüßte Elsa.

„Guten Tag, Frau Hartmann. Bitte, kommen Sie rein."

Georg saß schon auf einem der Sessel.

„Guten Tag, Herr Dr. Freytag.", begrüßte auch sie ihn kurz und schüttelte seine Hand. Elsa setzte sich neben Georg und begrüßte ihn.

„Ich habe Sie hergebeten, weil Ihr Mann mich darum gebeten hat, Ihnen zu erklären, was es mit seiner Erkrankung auf sich hat, und weil Sie natürlich auch ein Recht darauf haben, dass Ihre Fragen beantwortet werden.

Ihr Mann leidet an einem sogenannten DIS, um es fachmännisch und kurz auszudrücken. So nennt man eine Dissoziative Identitätsstörung, die durch schwere Gewalt in frühester Kindheit entsteht."

Elsa schaute irritiert.

„Kleine Kinder sind existentiell von der Fürsorge und dem Schutz durch eine Bindungsperson abhängig. Das Aufsuchen einer Bindungs- und Schutzperson dient der Regulierung von Stress und ist äußerst wichtig. Gewalt, Angst, Verlassenheit und Konflikte gehören bei manchen Kindern aber zum Alltag und sind für sie Normalität. Häusliche Gewalt bedeutet für manche Kinder sozusagen innerfamiliäres Kriegsgebiet. Bei einem sehr frühen Trauma entsteht eine frühe strukturierte Dissoziation der gesamten Persönlichkeit. Die Persönlichkeit teilt sich, wird multipel.

Eine solche Identitätsstörung, wie wir sie bei Ihrem Mann vorfinden, kann lange verborgen bleiben. Die Betroffenen leben ein ganz normales Leben. Meistens gibt es keine sichtbaren Persönlichkeitswechsel, weil durch die äußere Schale der Alltagsperson die anderen Persönlichkeiten agieren. Kleine Kinder sind auf Bezugspersonen angewiesen und von ihnen abhängig, auch dann, wenn sie von ihnen vernachlässigt oder gewalttätig behandelt werden. Wenn Kinder ihren Körper und ihre Seele weder durch Kampf noch durch Flucht der schweren Situation entziehen können, schaltet der menschliche Organismus auf Überlebensstrategien um. Das Kind erstarrt, ähnlich wie der Totstell-Reflex bei Tieren. Der Körper wird gefühllos und schmerzunempfindlich, er dissoziiert also.

Eine sehr früh erworbene DIS kann sehr lange verborgen bleiben. Die Persönlichkeit spaltet sich und das „Alltags-Ich", versucht im Alltag nur zu funktionieren, also in die Schule gehen, mit anderen Kindern spielen, Neues zu lernen u. ä. In dem anderen Bereich der Persönlichkeit sind die Gefühle und Erinnerungen an die Gewaltsituationen gespeichert. Es entstehen Anteile, die das Kind in sehr schweren Situationen schützen und die Erinnerungen an den Schmerz verschließen."

Elsa hört konzentriert und angestrengt zu und versucht die Gedanken nachzuvollziehen.

„Es gibt keine sichtbaren Persönlichkeitswechsel. In der Regel ist das auch für die Alltagsperson selbst zunächst lange nicht erkennbar. Also kann auch die Dissoziative Identitätsstörung nicht festgestellt werden. Viele schaffen es als Kinder und auch später als Erwachsene, zeitweise oder auch langfristig ein relativ normales Leben zu führen. Sie sind oft berufstätig, haben eine Familie und erziehen auch Kinder."

Elsa schluckt und versucht die Verbindung zu Ihrem Mann herzustellen. Als hätte Dr. Freytag dies gespürt, fährt er konkreter mit seinen Ausführungen fort:

„Man vermutete bei Ihrem Mann, dass durch seine Erkrankung und die Schmerzen vor der Operation, die aufgetreten waren, die Erinnerung an die Gewalt in der Kindheit, die Persönlichkeitswechsel hervorgebracht hat. Man nennt das Trigger-Reize. Durch Trigger-Reize werden abgespaltene Erinnerungen an die erlebte Gewalt ausgelöst. Es ist alles sehr komplex. Anders kann das hier aber nicht erklärt und ausgedrückt werden.

Bei Ihrem Mann sind wir inzwischen auf einem guten Weg, kann ich Ihnen versichern. Alles entwickelt sich bis jetzt gut, so dass ich die Hoffnung hege, dass er die Möglichkeit bekommt, wieder ein ganz normales Leben zu führen, ohne Einschränkung. Wenn wir Glück haben, kann das Innensystem sich eventuell ganz auflösen. Das wäre für den Moment der Stand der Dinge. Ich hoffe, ich konnte Ihnen soweit eine verständliche Erklärung dafür geben, die das Verhalten Ihres Mannes in der Vergangenheit verdeutlichen kann." Damit beendete er seine Ausführung.

„Frau Hartmann, ich hoffe, ich konnte das für Sie einigermaßen verständlich ausdrücken und Ihnen Antworten auf die Fragen geben, die Ihren Mann in diesem Zusammenhang betreffen. Ihr Mann bleibt noch einige Zeit hier bei uns. Haben Sie diesbezüglich noch Fragen?"

„Fürs Erste wurden meine Fragen beantwortet. Danke. Ich muss erst über alles nachdenken und es sacken lassen. Es war ungeheuer viel auf einmal, was Sie mir erzählt haben, neu und sehr komplex.

Vielen Dank, dass Sie sich für mich Zeit genommen haben, um mir diese Erklärung über sein Krankheitsbild zu geben, Herr Dr. Freytag. Es ist wichtig für mich, Bescheid zu wissen und vor allem, alles zu verstehen. Danke." erwiderte Elsa.

„Ihnen wünsche ich weiterhin alles Gute. Wenn sich alles weiter so gut entwickelt, kann Ihr Mann auch bald nach Hause entlassen werden."

Dr. Freytag verabschiedete sich.

„Auf Wiedersehen!" Dann verabschiedete sie sich daraufhin noch von Georg und verließ sehr zerstreut die Klinik.

69

Elsa war völlig durcheinander. Ihr rauchte der Kopf, es drehte sich alles. Es war alles viel zu viel auf einmal, was es zu verstehen und aufzunehmen gab. Und es hatte alles auf den Kopf gestellt.

Elsa hatte ganz ruhig während der Erklärung des Therapeuten zugehört, nahm alles in sich auf. Nun brach sie unter den vielen Erklärungen beinahe zusammen, die so schwerwiegend waren.

Die Bedeutung seiner Erklärung wurde ihr erst jetzt blitzartig und lastend bewusst. Die Offenbarung des Arztes über Georgs Zustand und seiner schweren Erkrankung, veränderte alles. Es war weit unerträglicher als alles, was sie sich an Szenarien vorstellen konnte.

Wie sollte sie damit umgehen?

Sie fuhr nicht gleich nach Hause. Sie fuhr in Richtung Baldeneysee. Erst lief sie gedankenverloren eine ganze Weile am See entlang. Ihre Gedanken bewegten sich immer um diese Situation, die ihr der Arzt erklärte. Sie fand eine ruhige, seichte Stelle, an der sie sich irgendwann ans Ufer setzte. Starr war ihr Blick ins Leere gerichtet.

Im Wasser paddelte stolz und graziös eine Entenmutter, ihr folgten ihre Jungen, die hinter ihr her paddelten, alle in Reih und Glied hintereinander, um den Anschluss an die Mutter nicht zu verlieren. Ein Junges saß auf Mutters Rücken, ließ sich von der warmen Sonne verwöhnen. Wie glücklich die Welt um sie herum aussah.

Sie wurde von den momentanen Ereignissen völlig überfahren, als wäre ein Lastzug über sie hinweg gerollt. Es gab kaum eine Zeitspanne, alles aufzunehmen und zu verarbeiten.

Sie glaubte, wie seinerzeit in ihrem Traum, im Wasser immer tiefer und tiefer zu versinken und nie wieder an der Oberfläche auftauchen zu können. Dieses Gefühl des widerkehrenden Traums von damals, sie konnte es nicht abschütteln.

Im Wasser zu ertrinken und im Strudel der Ereignisse tiefer und tiefer zu versinken war ungeheuer belastend. Das verließ sie nicht. Auch jetzt war es fortwährend gegenwärtig. Würde sie je diese tiefe Furcht vor dem untergehen überwinden können? Sie wusste es nicht. Zu tief waren die Wunden.

Elsa ließ sich einfach ablenken. Abseits von ihr, im Gipfel eines Baumes, sah sie ein Nest mit jungen Vögeln, die flügge wurden. Die Jungtiere lernten fliegen. Ein munteres Treiben um sie herum. Das Leben ging unaufhörlich weiter. Wie es in ihrem Inneren aussah, fragte niemand, schien keinen zu interessieren.

In ihr breitete sich eine tiefe Leere aus.

Sie legte sich ins Gras, über ihr der wolkenlose Himmel, um sie ein munteres Gezwitscher der Vögel, die sich im Fliegen übten, über ihr hin und her flogen, immer größere Runden drehten und anschließend wieder im Nest landeten. Ihr Herz krampfte sich stark zusammen.

Der Schmerz saß tief.

Die Sonne glitzerte, spiegelte sich im ruhigen Wasser und blendete sie. In ihr tobte ungestüm - die Verzweiflung, Angst.

Tiefer Schmerz.

Lag das schwere Geheimnis in seiner Kindheit? Aber wo da? Wie hatte es so lange verborgen bleiben können? Sie hatte früher nichts davon bemerkt.

Wie war das nur möglich?

Hatten sie überhaupt noch eine Chance auf ein normales Leben, so, wie die Dinge lagen? Ihr ganzes Leben hat sich in einem einzigen Augenblick einfach aufgelöst. Hat sie alles für immer verloren? , Sie erkannte, wie wertvoll das Leben war. ' - Das Glück? Was war damit geschehen?

Und die Liebe?

War noch genug vorhanden, um sie fortzuführen? Reichte ihre Kraft noch dazu? Oder hatte sie alles verlassen, für immer? Sie spürte, wie ihr Tränen die Wangen herunter kullerten. - Die Zeit?

Für sie stand die Zeit plötzlich still!

Nein!

Alles bewegte sich weiter.
Die Erde hörte nicht auf sich zu drehen.
Die Vögel sangen die schönsten Lieder.
Und doch - für sie stand die Zeit gespenstig still.

Sie dachte an Georg. Der Schmerz raubte ihr erneut die Luft zum atmen. Sie fühlte sich wie ein Fisch, der an Land gespült worden war und verendete. Alle Kraft verließ sie, wich augenblicklich aus ihrem Körper.

Doch plötzlich wusste sie, sie musste wieder aufstehen, sich aufrichten, wie sie es immer getan hat. Sie durfte nicht aufgeben.

- Nicht jetzt! –

Mit jedem Atemzug wurde ihr Wille stärker. Es gab etwas, dass sie immer vorwärts trieb, unaufhörlich vorwärts trieb.
Eine starke innere Kraft.

Sie wollte stark sein, sie wollte mutig sein, sie wollte einen neuen Anfang finden. Sie wollte für ihn da sein, wie eine Insel, die ihm Zuflucht bot, auf der er sich zurückziehen konnte, auf der sie sich beide gemeinsam zurückziehen konnten. Dort würde er finden, was er suchte, was sie beide suchten, was ihm verwehrt geblieben war, was ihnen verwehrt geblieben war und ihnen einen neuen Anfang bot.

70

Eines Tages war es dann soweit. Georg konnte mit guten Prognosen entlassen werden. Das war ein gutes Zeichen für sie alle. Georg war glücklich, wieder daheim zu sein.

„Gott sei Dank bin ich wieder da! Es ist ein schönes Gefühl für mich. Ich bin endlich angekommen. Ich hoffe, ich werde dich nie wieder so enttäuschen und euch alle so im Stich lassen."

Sie sahen einander an, als würden sich ihre Blicke zum ersten Mal treffen. Glück strahlte aus ihren Augen, unendliches Glück. Sie wollten wieder neu zusammenfinden.

„Egal, was auch geschieht, ich stehe zu dir. Gemeinsam werden wir diese schwere Hürde schaffen."

Und doch hatten sie beide große Zweifel und Ängste, dass sie ohne Einschränkung ihr Leben fortführen konnten, als wäre nichts geschehen. Elsa hatte bis zu seiner Entlassung viel über ihre gemeinsame Situation nachgedacht.

Konnte es sein, dass ihr Leben ihnen entgleisen konnte?
Sie sprachen darüber. Warteten nicht gerade am Rande des Weges schwere Geschütze, die ihr Leben jeden Moment wieder verändern oder zerstören konnten?

Davor hatten beide, jeder von ihnen auf seine Weise, allergrößten Ängste, auch wenn sie so sehr Willens waren, ihr Leben zu meistern? Viele Stolpersteine standen ihnen dort im Wege, die ihn entgleisen lassen konnten. Sie wollten es so sehr gemeinsam schaffen. Beide!

Und doch konnte es misslingen?

Was konnten sie tun, um nicht in die Fallen zu stolpern, die überall täglich lauern würden? Georg war nicht nur durch die Krankheit gehandicapt, sondern sie waren beide auch durch seine Krankheit, seine Reha und den Klinikaufenthalt lange getrennt gewesen. Nun sollten sie ihr gemeinsames Leben im Alltag wiederfinden. Durch viele Therapien für den einen Partner war der Bewusstseinsstand beider Partner sehr unterschiedlich und muss quasi wieder neu erlernt und aufeinander angeglichen, synchronisiert werden. Wie sollte das mit allen Tücken, die im Alltag auf sie lauern würden, gelingen? Hier konnten viele Fallen warten, in die man vor lauter Vorsicht, Umsicht und Unsicherheit tapsen konnte.

Sie erkannten beide diese große Herausforderung.

Elsa kam eine rettende Idee für den Umgang mit diesem schwierigen Zustand: Sie wollte, dass sich beide über einen längeren Zeitraum hinweg von einem guten Paartherapeuten begleiten ließen. Darin wurden sie sich schnell einig, denn sie wünschten sich nichts sehnlicher, als diesen Bogen zu schließen.

Es war eine tiefere, eine viel ruhigere, besonnenere Liebe gewachsen, die sie für den anderen empfanden. Doch sie waren sich auch bewusst, dass jeder einzelne Tag bis ans Ende aller Tage für sie beide eine große Herausforderung und Gefahr bleiben würde. Sie würden nie sicher sein können, dass sie diese Geschichte nicht doch noch einholen könnte. Und doch würden sie niemals aufgeben wollen. Das ‚Hier' und ‚Jetzt' war ihre Chance. Die Kraft ihrer Liebe gab ihnen Zuversicht.

Sie würden neu beginnen, ganz von vorn.

Komme, was wolle.

In Demut

Wir suchen Zuflucht und Geborgenheit
      Und empfinden
Liebe und Dankbarkeit
      Dass es den ‚Einen' für uns gibt
Der uns liebt

                    Zinka Hörning

Spiegel der Seele

Ich sah in den Spiegel
              und sah mich nicht
es war nur Licht
              dann Finsternis

Zinka Hörning

Danksagung

Zuallererst möchte ich mich wie immer bei meiner Familie bedanken, insbesondere bei meinem lieben Mann und meiner Tochter Alexandra, die mich mit viele Fachschriften über seelische Erkrankungen versorgt hat, damit dieses Buch auch entstehen und gelingen konnte.

Außerdem gilt mein besonderer Dank all denen, die im Hintergrund an der Entstehung dieses Buches beteiligt waren.

Ein ganz besonderer Dank geht an meine wunderbare Lektorin Cornelie Soltau, die mich während des Schreibens begleitet, bestärkt und unterstützt hat.

Und da sind noch meine vielen treuen Leser, die schon lange nach meinem Buch fragen und geduldig darauf warten, dass es erscheint und mir damit die Möglichkeit geben, weiterzuschreiben.

Besonders aber möchte ich mich für die vielen inspirierenden Ideen für die Handlung bedanken, die meine liebe Tochter hierzu geliefert hat.

Anmerkung der Autorin

Meine Anmerkung zu der DIS, Dissoziative Identitätsstörung oder vielmehr dissoziative/multiple Identitätsstörung, entnahm ich den Broschüren „Da-Sein" und „Viele-Sein", Überleben im Alltag, die der Verein „Vielfalt e. V." aus Bremen, für Betroffene zur Verfügung stellt.

Diese Informationen zum Thema Trauma und Dissoziation ist eine Broschüre für Freunde, Partner und private Unterstützer der Betroffenen.